百年新诗百部典藏／马启代 主编

徐志摩诗选

徐志摩 著

马启代 马晓康 编

江苏凤凰美术出版社
全国百佳图书出版单位

图书在版编目（CIP）数据

徐志摩诗选 / 徐志摩著；马启代，马晓康编. -- 南京：江苏凤凰美术出版社，2018.10
（百年新诗百部典藏 / 马启代主编）
ISBN 978-7-5580-5127-2

Ⅰ．①徐… Ⅱ．①徐… ②马… ③马… Ⅲ．①诗集—中国—现代 Ⅳ．① I226

中国版本图书馆CIP数据核字（2018）第198333号

责任编辑　曹昌虹
装帧设计　小马工作室
责任监印　唐　虎

书　　名	徐志摩诗选
著　　者	徐志摩
编　　者	马启代　马晓康
出版发行	江苏凤凰美术出版社（南京市中央路165号　邮编：210009） 北京凤凰千高原文化传播有限公司
出版社网址	http://www.jsmscbs.com.cn
印　　刷	河北飞鸿印刷有限责任公司
开　　本	710mm×1000mm　1/16
印　　张	10
版　　次	2020年4月第1版　2020年4月第1次印刷
标准书号	ISBN 978-7-5580-5127-2
定　　价	28.00元

营销部电话　010-64215835-801
江苏凤凰美术出版社图书凡印装错误可向承印厂调换　电话：010-64215835-801

总序

转眼新诗已百年

马启代

早在20世纪的最后几年,大家已在议论新诗百年的事情,近年来,"新诗百年"的话题和各类活动甚至与社会商业活动携手并肩、大有超越诗歌本身的勃兴之势。事实上,看似在热闹中诞生的新诗,其本性与喧嚣并无基因上的联系。艺术与人类历史一样,有着表面风风火火的一面,也有着沉潜低回的另一条趋线。作为伴随新文学诞生的一个新兴文体,它呱呱坠地的时代的确可以用狂飙突进来标示,故我虽一向把社会"思潮"与"诗潮"的相伴相随作为认识百年新诗的一个重要视角,但我并不认同仅仅把波涛浪峰上的那些弄潮者看作新诗百年的代表,也就是说那些以潮流和流派及其风云人物为特征的历史叙事所构成的只是一个粗线条的描述,正是"思潮"与"诗潮"的历史共振,加上民族危难和社会动荡所造成的探索中断和精神异化,新诗所欠下的旧账一再被后来者忽略或轻视,仿佛一个亢奋的战士,冲锋中丢弃了装备,几番沉浮,在这个百年的节点,正是反思得失、检视成败的契机。当然,作为在争论甚至反对声中活得多数时候都青春四射的新诗,对质疑和批评的回应与对自身缺憾和弊端的正视从来都是一体两面需要痛加剖析、修正的问题。

我想略通"近代史"的人都会理解,产生于春秋战国以来极少出现的思想自由争鸣时期的新文学,结出新诗这个果实,既是必然,也显得匆忙。我们至今对它的称谓还有争议，如白话诗、自由诗、新诗、朦胧诗、现代诗、汉语新诗、新汉诗等，各有历史定位和美学指向，但莫衷一是，互不认同。此外，关于新诗诞生的历史成因、艺术脉络也各执一词，互有个见。我曾在《新汉诗十三题》中说过，它的源头不是旧诗，它与古诗、律诗、词、曲的代终体换不同，新诗直接来源于外国诗，不是一般的启示与借用，但新诗最终应是民族文化求新求变的产物皆赖于外来文化的刺激复活以及几代学人承前启后的不懈挽救。借此界定新诗的生日——假如非要有一个最大认同公约数的时间，我想，既不是胡适在《尝试集》中几首诗后面标注的 1916 年，也不是《新青年》2 卷 6 号刊发胡适《白话诗八首》的 1917 年，而应是《新青年》4 卷 1 号刊登胡适、沈尹默、刘半农九首诗的 1918 年 1 月。显然，作为《白话文学史》作者的胡适，深知"白话诗"与"新诗"在观念、精神和美学追求上的不同。他在 1917 年 1 月发表在《新青年》上的《文学改良刍议》被认为脱胎于美国女诗人洛威尔的《意象派宣言》，而意象派运动其主要旨趣在于解放英语诗歌的形式和语言，尽管他的代表人物庞德据说受益于中国古典诗歌的翻译。

但毋庸置疑的是，新诗承续了发端于 18 世纪以来世界范围内的诗歌自由化趋向，其背后蕴藏的历史人文内涵和深刻的人类精神走向乃潮流和大势。百年来，世界和中国都发生了许多亘古未有的大变化，人类在苦难和荣光中创造的无数诗篇，成为记录人类心灵和精神变化的珍品。尽管至今尚有人对新诗做出实验失败的定论，近年旧体诗创作日隆，也大有复兴的气象，但无须争辩的事实是：首先，新诗是个伟大而粗糙的发明（沈奇语），它无愧于百年风雨沧桑的砥砺磨洗（张清华语），你即便说它不成功，但也不能无视它有成就（桑恒昌语）。穿越百年的时光隧道，战争、天灾、人祸以及正常或不正常的生存考验，新诗已经成为现代人重要的灵魂洗礼和精神救赎的载体。熊辉教授在《纪念新诗百年》中认为百年新诗的发展，最大的成功是确立了自身的文体优势。分行排列的自由书写成为承载现代人情感和思想的有效形式，而吕进教授把新诗看作"内视点"文学的主张，为现代新诗内在形式的确立提供了理论依据。其次，新诗采用大量口语和白话进行书面转化，使古老的汉语焕发出新的生机，重新把优雅与深邃找回，其在唤醒和复活民族灵性上体现出无可替代的前景。最后，我认为新诗与社会思潮与生俱来的根性联系，使其始终勃发着一颗求新求变的魂魄，百年来，它对于中国人精神的塑造居功至伟。

当然，一个百年的文体也许还处于未完成时，尽管许多文学史、诗歌史已翻来覆去根据不同时期的政治需要和个人诉求做过这样那样的修订甚至重写，事实上，所谓百年我们也不妨做模糊的理解，百年新诗也许尚未走出自己的青春期，业已形成的传统还显单薄，无论是文本本身还是理论批评范畴都面临着很多需要解决的问题。新诗不是"作诗如作文，作诗如说话"（胡适语）那样简单，断然不能把一种精神倡导理解为实践指南，正如不能把"下半身写作"理解为"写下半身"，把"口语写作"理解为"口水写作"。尽管民歌民谣给了自由化写作最初的滋养和激发，成就了彭斯和华兹华斯等不朽的歌唱，但新诗随着现代思想的传播，不适合进化论的艺术需要坚守和弘扬的恰恰是最初的和最原始的人的精神和梦想，最本真、最本质的感动。新诗突破了古典诗歌"触景生情"和"睹物思人"的套路，注入了"以思触诗、以诗触思"的感悟和体验，形成了"缘情言志寓思"的现代模式，这些皆赖于中西文化交汇中英美的浪漫主义和法德的现代主义诸流派的深度浸润。但一个文体既有它自我革新和不断蜕变的免疫能力，也有自我阉割的自杀倾向。如今，经历多层磨砺和戕害的新诗呈现出精神伦理和艺术审美上的诸多问题，"生底颤动，灵底喊叫"（郭沫若语）极有被废话、脏话淹没的危险。我在《百年新诗的"三度"迷失》和《当下诗歌创作的"三化"警示》两文中做了解析和指认。据此而论,吕进教授提出新诗的"三个重建"和"二次革命"多年,在展望未来时的确应引起我们的深思。

  时光如白驹过隙,对于天地历史而言,百年不过弹指间的一个刹那,但于人于事,一个世纪毕竟暗藏着天翻地覆。适逢新诗百岁,借此数语,聊寄祝福!

目 录

- 001　草上的露珠儿
- 004　月夜听琴
- 006　春
- 008　你是谁呀？
- 009　私语
- 010　小诗
- 011　清风吹断春朝梦
- 013　康桥再会罢
- 017　地中海
- 019　希望的埋葬
- 021　一小幅的穷乐图
- 023　哀曼殊斐儿
- 025　月下待杜鹃不来
- 026　默境
- 028　破庙
- 030　一个祈祷
- 031　一家古怪的店铺
- 032　石虎胡同七号
- 034　月下雷峰影片
- 035　雷峰塔（杭白）
- 036　灰色的人生
- 038　常州天宁寺闻礼忏声

040 沪杭车中
041 先生！先生！
043 叫化活该
044 盖上几张油纸
046 东山小曲
048 自然与人生
051 夜半松风
052 去罢
053 沙扬娜拉十八首
059 留别日本
061 庐山小诗两首
063 爱眉小札
064 就使我打破了头，也还要保持灵魂的自由
065 致梁启超
066 你去
068 婴儿
070 问谁
072 天国的消息
073 冢中的岁月
075 谁知道
078 好久不见
081 古怪的世界
083 为要寻一个明星
084 在那山道旁
086 五老峰
088 消息
089 雪花的快乐
090 荒凉的城子
093 不再是我的乖乖

- 095　残诗
- 096　这是一个懦怯的世界
- 098　一块晦色的路碑
- 099　翡冷翠的一夜
- 102　多谢天！我的心又一度的跳荡
- 104　我有一个恋爱
- 106　乡村里的音籁
- 108　起造一座墙
- 109　无题
- 111　我来扬子江边买一把莲蓬
- 112　海边的梦
- 114　罪与罚（一）
- 115　再休怪我的脸沉
- 118　望月
- 119　火车擒住轨
- 121　新催妆曲
- 124　偶然
- 125　半夜深巷琵琶
- 126　人变兽（战歌之二）
- 127　鱼的记忆
- 129　珊瑚
- 130　天神似的英雄
- 131　变与不变
- 132　干着急
- 133　"这年头活着不易"
- 134　黄鹂
- 135　我不知道风
- 137　献词
- 138　情死

139　残春
140　生活
141　再别康桥
143　拜献
144　我等候你
147　车上

149　编后记 / 编　者

草上的露珠儿

草上的露珠儿
颗颗是透明的水晶球,
新归来的燕儿
在旧巢里呢喃个不休;

诗人哟!可不是春至人间
还不开放你
创造的喷泉,
嗤嗤!吐不尽南山北山的璠瑜,
洒不完东海西海的琼珠,
融和琴瑟箫笙的音韵,
饮餐星辰日月的光明!
诗人哟!可不是春在人间,
还不开放你
创造的喷泉!

这一声霹雳
震破了漫天的云雾,
显焕的旭日
又升临在黄金的宝座;

柔软的南风

吹皱了大海慷慨的面容,
洁白的海鸥
上穿云下没波自在优游;

诗人哟!可不是趁航的时候,
还不准备你
歌吟的渔舟!
看哟!那白浪里
金翅的海鲤,
白嫩的长鲵,
虾须和蟛脐!
快哟!一头撒网一头放钩,
收!收!
你父母妻儿亲戚朋友
享定了希世的珍馐。
诗人哟!可不是趁航的时候,
还不准备你
歌吟的渔舟!

诗人哟!
你是时代精神的先觉者哟!
你是思想艺术的集成者哟!
你是人天之际的创造者哟!
你资材是河海风云,
鸟兽花草神鬼蝇蚊,
一言以蔽之:天文地文人文;

你的洪炉是"印曼桀乃欣", ①
永生的火焰"烟士披里纯", ②

炼制著诗化美化灿烂的鸿钧；

　　你是高高在上的云雀天鹨，
　　纵横四海不问今古春秋，
　　散布著希世的音乐锦绣；

　　你是精神困穷的慈善翁，
　　你展临真善美的万丈虹，
　　你居住在真生命的最高峰！

写于1921年11月23日，载于《花雨》。

注：①英文"想象"（imagination）的音译。
　　②英文"灵感"（inspiration）的音译。

月夜听琴

是谁家的歌声,
和悲缓的琴音,
星茫下,松影间,
有我独步静听。

音波,颤震的音波,
穿破昏夜的凄清,
幽冥,草尖的鲜露,
动荡了我的灵府。

我听,我听,我听出了
琴情,歌者的深心。
枝头的宿鸟休惊,
我们已心心相印。

休道她的芳心忍,
她为你也曾吞声,
休道她淡漠,冰心里
满蕴着热恋的火星。

记否她临别的神情,
满眼的温柔和酸辛,

你握着她颤动的手——
一把恋爱的神经!

记否你临别的心境,
冰流沦彻你全身,
满腔的抑郁,一海的泪,
可怜不自由的魂灵?

松林中的风声哟!
休扰我同情的倾诉;
人海中能有几次
恋潮淹没我的心滨?

那边光明的秋月,
已经脱卸了云衣,
仿佛喜声地笑道:
"恋爱是人类的生机!"

我多情的伴侣哟!
我羡你蜜甜的爱唇,
却不道黄昏和琴音
联就了你我的神交!

1922年写于英国。1923年4月1日《时事新报·学灯》。

春

康河右岸皆学院,左岸牧场之背,榆荫密覆,大道纡回,一望葱翠,春尤浓郁,但闻虫声鸟语,校舍寺塔掩映林巅,真胜处也。迩来草长日丽,时有情耦隐卧草中,密话风流。我常往复其间,辄成左作。

河水在夕阳里缓流,
暮霞胶抹树干树头;
蚱蜢飞,蚱蜢戏吻草光光,
我在春草里看看走走。

蚱蜢匐伏在铁花胸前,
铁花羞得不住的摇头,
草里忽伸出只藕嫩的手,
将孟浪的跳虫拦腰紧拎。

金花菜,银花菜,星星斓斓,
点缀着天然温暖的青毡,
青毡上青年的情耦,
情意胶胶,情话啾啾。

我点头微笑,南向前走,
观赏这青透春透的园囿,

树尽交柯，草也骈偶，
到处是缱绻，是绸缪。

雀儿在人前猥盼亵语，
人在草处心欢面赧，
我羡他们的双双对对，
有谁羡我孤独的徘徊？

孤独的徘徊！
我心须何尝不热奋震颤，
答应这青春的呼唤，
燃点着希望灿灿，
春呀！你在我怀抱中也！

1922 年写于英国。1923 年 5 月 30 日《时事新报·学灯》。

你是谁呀？

你是谁呀？
面熟得很，你我曾经会过的，
但在哪里呢，竟是无从记起；
是谁引你到我密室里来的？
你满面忧怆的精神，你何以
默不出声，我觉得有些怕惧；
你的肤色好比干蜡，两眼里
泄露无限的饥渴；呀！他们在
迸泪，鲜红、枯干、凶狠的眼泪，
胶在睫帘边，多可怕，多凄惨！
——我明白了：我知晓你的伤感，
憔悴的根源；可怜！我也记起，
依稀，你我的关系像在这里，
那里，云里雾里，哦，是的是的！
但是再休提起；你我的交谊，
从今起，另辟一番天地，是呀，
另辟一番天地；再不用问你
——我希冀——"你是谁呀"？

1922年写于英国。1923年5月4日《时事新报·学灯》。

私　语

秋雨在一流清冷的秋水池，
一棵憔悴的秋柳里，
一条怯怜的秋枝上，
一片将黄未黄的秋叶上，
听他亲亲切切喁喁唼唼，
私语三秋的情思情事，情语情节，
临了轻轻将他拂落在秋水秋波的秋晕里，一涡半转，跟着秋流去。
这秋雨的私语，三秋的情思情事，情诗情节，
也掉落在秋水秋波的秋晕里，
一涡半转，跟着秋流去。

　　写于1922年7月21日。1923年4月30日《时事新报·学灯》。

小 诗

月,我含羞地说,
请你登记我冷热交感的情泪,
在你专登泪债的哀情录里:
月,我哽咽着说,
请你查一查我年表的滴滴清泪,
是放新账还是清旧欠呢?

写于1922年7月21日。1923年4月30日《时事新报·学灯》。

清风吹断春朝梦

片片鹅绒眼前纷舞,
疑是梅心蝶骨醉春风;
一阵阵残琴碎箫鼓,
依稀山风催瀑弄青松;

梦底的幽情,素心,
缥缈的梦魂,梦境,
都教晓鸟声里的清风,
轻轻吹拂,吹拂我枕衾,
枕上的温存,将春梦解成
丝丝缕缕,零落的颜色声音!
这些深灰浅紫,梦魂的认识,
依然黏恋在梦上的边陲。
无如风吹尘起,漫漶梦屐,
纵心愿归去,也难不见涂踪便;

清风!你来自青林幽谷,
欸布自然的音乐,
轻怀草意和花香,
温慰诗人的幽独,
攀帘问小姑无恙,
知否你晨来呼唤,

唤散一缕绻缱
梦里深浓的恩缘?
任春朝富的温柔,
问谁偿逍遥自由?
只看一般梦意阑珊,
诗心,恋魂,理想的彩云,
一似狼藉春阴的玫瑰,
一似鹃鸟黎明的幽叹,
韵断香散,仰望天高云远,
梦翅双飞,一逝不复还!

写于1922年8月3日。1923年6月5日《时事新报·学灯》。

十日前作《春梦》,偶然拈得此题,今日始勉强成咏,诗意过揉且隐,词只掠影之功,音节不纯,尤所深憾;然梦固难显,灵奥亦何能遽达,独恨神游未远,又被同来阻隔耳!

康桥再会罢

康桥，再会罢；
我心头盛满了别离的情绪，
你是我难得的知己，我当年辞别家乡父母，登太平洋去，
（算来一秋二秋，已过了四度春秋，浪迹在海外，美土欧洲）
扶桑风色，檀香山芭蕉况味，
平波大海，开拓我心胸神意，
如今都变了梦里的山河，
渺茫明灭，在我灵府的底里；
我母亲临别的泪痕，她弱手向波轮远去送爱儿的巾色，
海风咸味，海鸟依恋的雅意，
尽是我记忆的珍藏，我每次摩按，总不免心酸泪落，便想理箧
归家，重向母怀中匐伏，
回复我天伦挚爱的幸福；
我每想人生多少跋涉劳苦，
多少牺牲，都只是枉费无补，
我四载奔波，称名求学，毕竟在知识道上，采得几茎花草，
在真理山中，爬上几个峰腰，
钧天妙乐，曾否闻得，彩红色，
可仍记得？——但我如何能回答？
我但自喜楼高车快的文明，
不曾将我的心灵污抹，今日我对此古风古色，桥影藻密，
依然能坦胸相见，惺惺惜别。

康桥,再会罢!
你我相知虽迟,然这一年中我心灵革命的怒潮,尽冲泻在你妩
媚河身的两岸,此后清风明月夜,当照见我情热狂溢的旧痕,
尚留草底桥边,
明年燕子归来,当记我幽叹音节,歌吟声息,缦烂的云纹霞彩,
应反映我的思想情感,
此日撒向天空的恋意诗心,
赞颂穆静腾辉的晚景,清晨富丽的温柔;听!那和缓的钟声解
释了新秋凉绪,旅人别意,
我精魂腾跃,满想化入音波,
震天彻地,弥盖我爱的康桥,
如慈母之于睡儿,缓抱软吻;
康桥!汝永为我精神依恋之乡!
此去身虽万里,梦魂必常绕汝左右,任地中海疾风东指,
我亦必纡道西回,瞻望颜色;
归家后我母若问海外交好,
我必首数康桥;在温清冬夜腊梅前,再细辨此日相与况味;
设如我星明有福,素愿竟酬,
则来春花香时节,当复西航,
重来此地,再捡起诗针诗线,
绣我理想生命的鲜花,实现年来梦境缠绵的销魂踪迹,
散香柔韵节,增媚河上风流;
故我别意虽深,我愿望亦密,
昨宵明月照林,我已向倾吐心胸的蕴积,今晨雨色凄清,
小鸟无欢,难道也为是怅别情深,累藤长草茂,涕泪交零!
康桥!山中有黄金,天上有明星,
人生至宝是情爱交感,即使山中金尽,天上星散,同情还永远
是宇宙间不尽的黄金,
不昧的明星;赖你和悦宁静的环境,和圣洁欢乐的光阴,

我心我智,方始经爬梳洗涤,
灵苗随春草怒生,沐日月光辉,
听自然音乐,哺啜古今不朽——强半汝亲栽育——的文艺精英;
恍登万丈高峰,猛回头惊见真善美浩瀚的光华,覆翼在人道蠕动的下界,朗然照出生命的经纬脉络,血赤金黄,
尽是爱主恋神的辛勤手绩;
康桥!你岂非是我生命的泉源?
你惠我珍品,数不胜数;最难忘骞士德顿桥下的星磷坝乐,
弹舞殷勤,我常夜半凭阑干,
倾听牧地黑野中倦牛夜嚼,
水草间鱼跃虫嗤,轻挑静寞;
难忘春阳晚照,泼翻一海纯金,
淹没了寺塔钟楼,长垣短堞,
千百家屋顶烟突,白水青田,
难忘茂林中老树纵横;巨干上黛薄荼青,却教斜刺的朝霞,
抹上些微胭脂春意,忸怩神色;
难忘七月的黄昏,远树凝寂,
像墨泼的山形,衬出轻柔暝色,
密稠稠,七分鹅黄,三分桔绿,
那妙意只可去秋梦边缘捕捉;
难忘榆荫中深宵清啭的诗禽,
一腔情热,教玫瑰嚼泪点首,
满天星环舞幽吟,款住远近浪漫的梦魂,深深迷恋香境;
难忘村里姑娘的腮红颈白;
难忘屏绣康河的垂柳婆娑,
婀娜的克莱亚①,硕美的校友居;
——但我如何能尽数,总之此地人天妙合,虽微如寸芥残垣,
亦不乏纯美精神;流贯其间,

而此精神,正如宛次宛士②所谓"通我血液,浃我心脏",有"镇驯矫饬之功";我此去虽归乡土,
而临行怫怫,转若离家赴远;
康桥!我故里闻此,能弗怨汝僭爱,然我自有谠言代汝答付;
我今去了,记好明春新杨梅上市时节,盼我含笑归来,
再见罢,我爱的康桥!

写于1922年8月10日离英前夕。1923年3月12日载于《时事新报·学灯》。

注:①克莱亚,英国剑桥大学的Clare学院。
②宛次宛士,WilliamWordsworth,现通译为威廉·华兹华斯(1770-1850),英国浪漫主义诗人。

地中海

海呀！你宏大幽秘的音息，不是无因而来的！
这风稳日丽，也不是无因而然的！
这些进行不歇的波浪，唤起了思想同情的反应——涨，落——隐，现——去，来……
无量数的浪花，各各不同，各有奇趣的花样，——一树上没有两张相同的叶片，
天上没有两朵相同的云彩。
地中海呀！你是欧洲文明最老的见证！
魔大的帝国，曾经一再笼卷你的两岸；
霸业的命运，曾经再三在你酥胸上定夺；
无数的帝王、英雄、诗人、僧侣、寇盗、商贾，曾经在你怀抱中得意，失志，灭亡；
无数的财货、牲畜、人命、舰队、商船、渔艇，曾经沉入你无底的渊壑；
无数的朝彩晚霞，星光月色，血腥，血糜，曾经浸染涂糁你的面庞；
无数的风涛、雷电、炮声、潜艇，曾经扰乱你平安的居处；
屈洛安城焚的火光，阿脱洛庵家的惨剧，
沙伦女的歌声，迦太基奴女被掳过海的哭声，
维雪维亚炸裂的彩色，
尼罗河口，铁拉法尔加唱凯的歌音……
都曾经供你耳目刹那的欢娱。

历史来,历史去;
埃及、波斯、希腊、马其顿、罗马、西班牙——
至多也不过抵你一缕浪花的涨歇,一茎春花的开落!但是你呢
——依旧冲洗着欧非亚的海岸,
依旧保存着你青年的颜色,
(时间不曾在你面上留痕迹。)
依旧继续着你自在无挂的涨落,
依旧呼啸着你厌世的骚愁,
依旧翻新着你浪花的样式——
这孤零零地神秘伟大的地中海呀!

　　写于1922年8月从英国归国途中。1922年12月24日载于《努力周报》第34期。

希望的埋葬

希望，只如今……
如今只剩些遗骸——
可怜，我的心……
却教我如何埋掩？
希望，我抚摩着
你惨变的创伤；
在这冷默的冬夜——
谁与我商量埋葬？
埋你在秋林之中，
幽涧之边，你愿否？
朝餐泉乐的琤琮，
暮偎着松茵香柔。
我收拾一筐的红叶，
露凋秋伤的枫叶，
铺盖在你新坟之上——
长眠着美丽的希望！
我唱一支惨淡的歌，
与秋林的秋声相和；
滴滴凉露似的清泪，
洒遍了清冷的新墓！
我手抱你冷残的衣裳，
凄怀你生前的经过——

一个遭不幸的爱母,
回想一场抚养的辛苦!
我又舍不得将你埋葬,
希望,我的生命与光明——
像那个情疯了的公主①
紧搂住她爱人的冷尸。
梦境似惝恍迷离,
毕竟是谁存谁亡?
是谁在悲唱,希望!
你,我,是谁替谁埋葬?
"美是人间不死的光芒",
不论是生命,或是希望!
便冷骸也发生命的神光,
何必问秋林红叶去埋葬?

写于1923年1月24日。1923年1月28日载于《努力周报》第39期。

注:① D'anunzio'sDreamofAutumnMorning,其中D'anunzio是意大利诗人邓南遮,而DreamofAutumnMorning是其作品的英译名,中文意思为"秋晨梦"。

一小幅的穷乐图

巷口一大堆新倒的垃圾,
大概是红漆门里倒出来的垃圾,
其中不尽是灰,还有烧不烬的煤,
不尽是残骨,也许骨中有髓,
骨坳里还黏着一丝半缕的肉片,
还有半烂的布条,不破的报纸,
两三梗取灯儿,一半枝的残烟;
这垃圾堆好比是个金山,
山上满偻着寻求黄金者,
一队的褴褛,破烂的布裤蓝袄,
一个两个数不清高掬的臀腰,
有小女孩,有中年妇,有老婆婆,
一手挽着筐子,一手拿着树条,
深深的弯着腰,不咳嗽,不唠叨,
也不争闹,只是向灰堆里寻捞,
向前捞捞,向后捞捞,两边捞捞,
肩挨肩儿,头对头儿,拨拨挑挑,
老婆婆捡了一块布条,上好一块布条!
有人专捡煤渣,满地多的煤渣,
妈呀,一个女孩叫道,我捡了一块鲜肉骨头,
回头熬老豆腐吃,好不好?

一队的褴褛,好比个走马灯儿,
转了过来,又转了过去,又过来了,
有中年妇,有女孩小,有婆婆老,
还有夹在人堆里趁热闹的黄狗几条。

写于 1923 年 2 月 6 日。1923 年 2 月 14 日载于《晨报副刊》。

哀曼殊斐儿①

我昨夜梦入幽谷,
听子规在百合丛中泣血,
我昨夜梦登高峰,
见一颗光明泪自天堕落。

古罗马的郊外有座墓园,
静偃着百年前客殇的诗骸;
百年后海岱士②黑辇的车轮,
又喧响在芳丹卜罗③的青林边。
说宇宙是无情的机械,
为甚明灯似的理想闪耀在前?
说造化是真善美之表现,

为甚五彩虹不常住天边?
我与你虽仅一度相见——
但那二十分不死的时间!
谁能信你那仙姿灵态,
竟已朝露似的永别人间?
非也!生命只是个实体的幻梦:
美丽的灵魂,永承上帝的爱宠;
三十年小住,只似昙花之偶现,
泪花里我想见你笑归仙宫。

你记否伦敦约言,曼殊斐儿!

今夏再见于琴妮湖④之边;
琴妮湖永抱着白朗矶⑤的雪影,
此日我怅望云天,泪下点点!
我当年初临生命的消息,
梦觉似的骤感恋爱之庄严;
生命的觉悟是爱之成年,
我今又因死而感生与恋之涯沿!
同情是掼不破的纯晶,
爱是实现生命之唯一途径;
死是座伟秘的洪炉,此中
凝炼万象所从来之神明。
我哀思焉能电花似的飞骋,
感动你在天日遥远的灵魂?
我洒泪向风中遥送,
问何时能戡破生死之门?

写于1923年3月11日。1923年3月18日载于《努力周报》第44期。

注:①曼殊菲尔,KatherineManfield,现同译为凯瑟琳·曼斯菲尔德(1888-1923),英国女作家。
②海岱士,Hades,现译为哈迪斯,古希腊神话中的掌管冥界的神。
③芳丹卜罗,Fontainebleau,现译为枫丹白露,为法国著名景点。
④琴妮湖,LakeGeneva,现通译为日内瓦湖。
⑤白郎矶,法语为MontBlanc,现通译为勃朗峰。

月下待杜鹃不来

看一回凝静的桥影,
数一数螺钿的波纹,
我倚暖了石栏的青苔,
青苔凉透了我的心坎;
月儿,你休学新娘羞,
把锦被掩盖你光艳首,
你昨宵也在此勾留,
可听她允许今夜来否?
听远村寺塔的钟声,
像梦里的轻涛吐复收,
省心海念潮的涨歇,
依稀漂泊踉跄的孤舟;
水粼粼,夜冥冥,思悠悠,
何处是我恋的多情友;
风飕飕,柳飘飘,榆钱斗斗,
令人长忆伤春的歌喉。

1923 年 3 月 29 日载于《时事新报·学灯》。

默　境

我友，记否那西山的黄昏，
钝氲里透出的紫霭红晕，
漠沉沉，黄沙弥望，恨不能
登山顶，饱餐西陲的菁英，
全仗你吊古殷勤，趋别院，
度边门，惊起了卧犬狰狞。
墓庭的光景，却别是一味苍凉，别是一番苍凉境地：
我手剔生苔碑碣，看冢里僧骸是何年何代，你轻踹生苔庭砖，
细数松针几枚；
不期间彼此缄默的相对。
僵立在寂静的墓庭墙外，
同化于自然的宁静，默辨
静里深蕴着普遍的义韵；
我注目在墙畔一穗枯草，
听邻庵经声，听风抱树梢，
听落叶，冻鸟零落的音调，
心定如不波的湖，却又教连珠似的潜思泛破，神凝如千年僧
骸的尘埃，却又被静的底里的热焰熏点；
我友，感否这柔韧的静里，
蕴有钢似的迷力，满充着
悲哀的况味，阐悟的几微，
此中不分春秋，不辨古今，

生命即寂灭，寂灭即生命，
在这无终始的洪流之中，
难得素心人悄然共游泳；
纵使阐不透这凄伟的静，
我也怀抱了这静中涵濡，
温柔的心灵；我便化野鸟飞去，翅羽上也永远染了欢欣的光明，
我便向深山去隐，也难忘你游目云天，
游神象外的 Transfiguration①。
我友！知否你妙目——漆黑的圆睛——放射的神辉，照彻了我灵府的奥隐，恍如昏夜行旅，骤得了明灯，刹那间周遭转换，涌现了无量数理想的楼台，更不见墓园风色，再不闻衰冬吁喟，但见玫瑰丛中，青春的舞蹈与欢容，只闻歌颂青春的谐乐与欢惊；
轻捷的步履，
你永向前领，欢乐的光明，
你永向前引：我是个崇拜青春、欢乐与光明的灵魂。

1923年4月20日载于《时事新报·学灯》。

注：①表示"变形"和"容光焕发"的意思。

破　庙

慌张的急雨将我
赶入了黑丛丛的山坳，
迫近我头顶在腾拿，恶
狠狠的乌龙巨爪；枣树
兀兀地隐蔽着
一座静悄悄的破庙，
我满身的雨点雨块，
躲进了昏沉沉的破庙；
雷雨越发来得大了；霍
隆隆半天里霹雳，豁喇
喇林叶树根苗，
山谷山石，一齐怒号，
千万条的金剪金蛇，飞
入阴森森的破庙，我浑
身战抖，趁电光
估量这冷冰冰的破庙；
我禁不住大声喊叫；电
光火把似的照耀，照出
我身旁神龛里
一个青面狞笑的神道，
电光去了，霹雳又到，
不见了狞笑的神道，

硬雨石块似的倒泻——
我独身藏躲在破庙;千
年万年应该过了!只觉
得浑身的毛窍,只听得
骇人声怪叫,
只记得那凶恶的神道,
忘记了我现在的破庙;
好容易雨收了,雷休了,
血红的太阳,满天照耀,
照出一个我,一座破庙!

1923年6月11日载于《晨报·文学旬刊》。

一个祈祷

请听我悲哽的声音,祈求于我爱的神:
人间哪一个的身上,不带些儿创与伤!
哪有高洁的灵魂,不经地狱,便登天堂:
我是肉薄过刀山,炮烙,闯度了奈何桥,
方有今日这颗赤裸裸的心,自由高傲!
这颗赤裸裸的心,请收了罢,我的爱神!
因为除了你更无人,给他温慰与生命,
否则,你就将他磨成齑粉,散入西天云,
但他精诚的颜色,却永远点染你春朝的
新思,秋夜的梦境;怜悯罢,我的爱神!

写于1923年6月。1923年7月1日载于《晨报·文学旬刊》。

一家古怪的店铺

有一家古怪的店铺,
隐藏在那荒山的坡下;
我们村里白发的公婆,
也不知他们何时起家。
相隔一条大河,船筏难渡;
有时青林里袅起髻螺,
在夏秋间明净的晨暮——
料是他家工作的烟雾。
有时在寂静的深夜,
狗吠隐约炉捶的声响,
我们忠厚的更夫常见
对河山脚下火光上飏。
是种田钩镰,是马蹄铁鞋,
是金银妙件,还是杀人凶械?
何以永恋此林山,荒野,
神秘的捶工呀,深隐难见?
这是家古怪的店铺,
隐藏在荒山的坡下;
我们村里白发的公婆,
也不知他们何时起家。

写于1923年7月7日。1923年7月11日载于《晨报·文学旬刊》。

石虎胡同七号

我们的小园庭,有时荡漾着无限温柔;
善笑的藤娘,袒酥怀任团团的柿掌绸缪,
百尺的槐翁,在微风中俯身将棠姑抱搂,
黄狗在篱边,守候睡熟的珀儿,它的小友,
小雀儿新制求婚的艳曲,在媚唱无休——
我们的小园庭,有时荡漾着无限温柔。
我们的小园庭,有时淡描着依稀的梦景;
雨过的苍茫与满庭荫绿,织成无声幽冥,
小蛙独坐在残兰的胸前,听隔院蚓鸣,
一片化不尽的雨云,倦展在老槐树顶,
掠檐前作圆形的舞旋,是蝙蝠,还是蜻蜓?
我们的小园庭,有时淡描着依稀的梦景。
我们的小园庭,有时轻喟着一声奈何;
奈何在暴雨时,雨槌下捣烂鲜红无数,
奈何在新秋时,未凋的青叶惆怅地辞树,
奈何在深夜里,月儿乘云艇归去,西墙已度,
远巷薤露的乐音,一阵阵被冷风吹过——
我们的小园庭,有时轻喟着一声奈何。
我们的小园庭,有时沉浸在快乐之中;
雨后的黄昏,满院只美荫,清香与凉风,
大量的塞翁,巨樽在手,塞足直指天空,
一斤,两斤,杯底喝尽,满怀酒欢,满面酒红,

连珠的笑响中,浮沉着神仙似的酒翁——
我们的小园庭,有时沉浸在快乐之中。

写于1923年7月。1923年8月6日载于《文学周报》第82期。

月下雷峰影片

我送你一个雷峰塔影,
满天稠密的黑云与白云;
我送你一个雷峰塔顶,
明月泻影在眠熟的波心。
深深的黑夜,依依的塔影,
团团的月彩,纤纤的波鳞——
假如你我荡一支无遮的小艇,
假如你我创一个完全的梦境!

写于1923年9月26日。1925年8月载于中华书局《志摩的诗》。

雷峰塔(杭白)

那首是白娘娘的古墓
(划船的手指着野草深处);

客人,你知道西湖上的佳话,
白娘娘是个多情的妖魔。
她为了多情,反而受苦,
爱了个没出息的许仙,她的情夫;
他听信了一个和尚,一时的糊涂,
拿一个钵盂,把他妻子的原形罩住。
到如今已有千百年的光景,
可怜她被镇压在雷峰塔底,
一座残败的古塔,凄凉地,
庄严地,独自在南屏的晚钟声里!

写于1923年9月。1923年10月12日载于《晨报·文学旬刊》。

灰色的人生

我想——我想开放我的宽阔的粗暴的嗓音,唱一支野蛮的大胆的骇人的新歌;
我想拉破我的袍服,我的整齐的袍服,露出我的胸膛,肚腹,肋骨与筋络;
我想放散我一头的长发,像一个游方僧似的散披着一头的乱发;
我也想跣我的脚,跣我的脚,在巉牙似的道上,快活地,无畏地走着。
我要调谐我的嗓音,傲慢的,粗暴的,唱一阕荒唐的,摧残的,弥漫的歌调;
我伸出我的巨大的手掌,向着天与地,海与山,无餍地求讨,寻捞;
我一把揪住了西北风,问它要落叶的颜色,
我一把揪住了东南风,问它要嫩芽的光泽;
我蹲身在大海的边旁,倾听它的伟大的酣睡的声浪;
我捉住了落日的彩霞,远山的露霭,秋月的明辉,散放在我的发上,胸前,袖里,脚底……
我只是狂喜地大踏步地向前—向前—口唱着暴烈的,粗伧的,不成章的歌调;
来,我邀你们到海边去,听风涛震撼大空的声调;
来,我邀你们到山中去,听一柄利斧斫伐老树的清音;
来,我邀你们到密室里去,听残废的,寂寞的灵魂的呻吟;
来,我邀你们到云霄外去,听古怪的大鸟孤独的悲鸣;
来,我邀你们到民间去,听衰老的,病痛的,贫苦的,残毁的,受压迫的,烦闷的,奴服的,懦怯的,丑陋的,罪恶的,自杀的,和着深秋的风声与雨声——合唱的"灰色的人生"!

写于1923年10月12日。1923年10月21日载于《努力周报》第75期。

常州天宁寺闻礼忏声

有如在火一般可爱的阳光里,偃卧在长梗的,杂乱的丛草里,听初夏第一声的鹧鸪,从天边直响入云中,从云中又回响到天边;
有如在月夜的沙漠里,月光温柔的手指,轻轻的抚摩着一颗颗热伤了的砂砾,在鹅绒般软滑的热带的空气里,听一个骆驼的铃声,轻灵的,轻灵的,在远处响着,近了,近了,又远了……
有如在一个荒凉的山谷里,大胆的黄昏星,独自临照着阳光死去了的宇宙,野草与野树默默的祈祷着,听一个瞎子,手扶着一个幼童,铛的一响算命锣,在这黑沉沉的世界里回响着;
有如在大海里的一块礁石上,浪涛像猛虎般的狂扑着,天空紧紧的绷着黑云的厚幕,听大海向那威吓着的风暴,低声的,柔声的,忏悔它一切的罪恶;有如在喜马拉雅的顶巅,听天外的风,追赶着天外的云的急步声,在无数雪亮的山壑间回响着;
有如在生命的舞台的幕背,听空虚的笑声,失望与痛苦的呼吁声,残杀与淫暴的狂欢声,厌世与自杀的高歌声,在生命的舞台上合奏着。
我听着了天宁寺的礼忏声!
这是哪里来的神明?人间再没有这样的境界!
这鼓一声,钟一声,磬一声,木鱼一声,佛号一声……乐音在大殿里,迂缓的,曼长的回荡着,无数冲突的波流谐合了,无数相反的色彩净化了,无数现世的高低消灭了……
这一声佛号,一声钟,一声鼓,一声木鱼,一声磬,谐音盘礴

在宇宙间——解开一小颗时间的埃尘,收束了无量数世纪的因果;

这是哪里来的大和谐——星海里的光彩,大千世界的音籁,真生命的洪流:止息了一切的动,一切的扰攘;在天地的尽头,在金漆的殿椽间,在佛像的眉宇间,在我的衣袖里,在耳鬓边,在官感里,在心灵里,在梦里……

在梦里,这一瞥间的显示,青天,白水,绿草,慈母温软的胸怀,是故乡吗?是故乡吗?

光明的翅羽,在无极中飞舞!

大圆觉底里流出的欢喜,在伟大的,庄严的,寂灭的,无疆的,和谐的静定中实现了!

颂美呀,涅槃!赞美呀,涅槃!

　　写于1923年10月。1923年11月11日载于《晨报·文学旬刊》。

沪杭车中

匆匆匆!催催催!
一卷烟,一片山,几点云影,
一道水,一座桥,一支橹声,
一林松,一丛竹,红叶纷纷;
艳色的田野,艳色的秋景,
梦境似的分明,模糊,消隐——
催催催!是车轮还是光阴?
催老了秋容,催老了人生!

写于1923年10月30日。1923年11月10日载于《小说月报》第14卷第11号。

先生！先生！

钢丝的车轮
在偏僻的小巷内飞奔——
"先生，我给先生请安您哪，先生。"
迎面一蹲身，
一个单布褂的女孩颤动着呼声——
雪白的车轮在冰冷的北风里飞奔。
紧紧的跟，紧紧的跟，
破烂的孩子追赶着铄亮的车轮——
"先生，可怜我一大化吧，善心的先生！"
"可怜我的妈，
她又饿又冻又病，躺在道儿边直呻——
您修好，赏给我们一顿窝窝头，您哪，先生！"
"没有带子儿。"
坐车的先生说，车里戴大皮帽的先生——
飞奔，急转的双轮，紧追，小孩的呼声。
一路旋风似的土尘，
土尘里飞转着银晃晃的车轮——
"先生，可是您出门不能不带钱您哪，先生。"
"先生！……先生！"
紫涨的小孩，气喘着，断续的呼声——
飞奔，飞奔，橡皮的车轮不住的飞奔。
飞奔……先生……

飞奔……先生……

先生……先生……先生……

写于1923年11月。1923年12月11日载于《晨报·文学旬刊》第20号。

叫化活该

"行善的大姑,修好的爷,"
西北风尖刀似的猛刺着他的脸,
"赏给我一点你们吃剩的油水吧!"
一团模糊的黑影,捱紧在大门边。
"可怜我快饿死了,发财的爷,"
大门内有欢笑,有红炉,有玉杯;
"可怜我快冻死了,有福的爷,"
大门外西北风笑说,"叫化活该!"
我也是战栗的黑影一堆,
蠕伏在人道的前街;
我也只要一些同情的温暖,
遮掩我的剐残的余骸——
但这沉沉的紧闭的大门:谁来理睬;
街道上只冷风的嘲讽,"叫化活该!"

写于1923年冬。1924年12月1日载于《晨报六周年纪念增刊》。

盖上几张油纸

一片,一片,半空里
掉下雪片;
有一个妇人,有一个妇人,
独坐在阶沿。
虎虎的,虎虎的,风响
在树林间;
有一个妇人,有一个妇人,
独自在哽咽。
为什么伤心,妇人,
这大冷的雪天?
为什么啼哭,莫非是
失掉了钗钿?
不是的,先生,不是的,
不是为钗钿;
也是的,也是的,我不见了
我的心恋。
那边松林里,山脚下,先生,
有一只小木箧,
装着我的宝贝,我的心,
三岁儿的嫩骨!
昨夜我梦见我的儿
叫一声"娘呀——

天冷了,天冷了,天冷了,
儿的亲娘呀!"
今天果然下大雪,屋檐前
望得见冰条,
我在冷冰冰的被窝里摸——
摸我的宝宝。
方才我买来几张油纸,
盖在儿的床上;
我唤不醒我熟睡的儿——
我因此心伤。
一片,一片,半空里
掉下雪片;
有一个妇人,有一个妇人,
独坐在阶沿。
虎虎的,虎虎的,风响
在树林间;
有一个妇人,有一个妇人,
独自在哽咽。

写于1924年1月26日。1924年11月25日载于《晨报·文学旬刊》第54号。

东山小曲

一

早上——太阳在山坡上笑,
太阳在山坡上叫——
看羊的,你来吧,
这里有粉嫩的草,鲜甜的料,
好把你的老山羊,小山羊,喂个滚饱;
小孩们你们也来吧,
这里有大树,有石洞,有蚱蜢,有小鸟,
快来捉一会盲藏,豁一阵虎跳。

二

中上——太阳在山腰里笑,
太阳在山坳里叫——
游山的你们来吧,
这里来望望天,望望田,消消遣,
忘记你的心事,丢掉你的烦恼;
叫化子们你们也来吧,
这里来偎火热的太阳,胜如一件棉袄,
还有香客的布施,岂不是妙,岂不是好。

三

晚上——太阳已经躲好,
太阳已经去了——
野鬼们你们来吧,
黑巍巍的星光,照着冷清清的庙,
树林里有只猫头鹰,半天里有只九头鸟;
来吧,来吧,一齐来吧,
撞开你的顶头板,唱起你的追魂调,
那边来了个和尚,快去耍他一个灵魂出窍!

写于 1924 年 1 月 20 日。1924 年 2 月 10 日载于《小说月报》第 15 卷第 2 号。

自然与人生

风,雨,山岳的震怒:
猛进,猛进!
显你们的猖獗,暴烈,威武;
霹雳是你们的酣嗽,
雷震是你们的军鼓——
万丈的峰峦在涌汹的战阵里
失色,动摇,颠簸;
猛进,猛进!
这黑沉沉的下界,是你们的俘虏!

壮观!仿佛跳出了人生的关塞,
凭着智慧的明辉,回看
这伟大的悲惨的趣剧,在时空
无际的舞台上,更番的演着——
我驻足在岱岳顶巅,
在阳光朗照着的顶巅,俯看山腰里
蜂起的云潮敛着,叠着,渐缓的
淹没了眼下的青峦与幽壑:
霎时的开始了,骇人的工作。

风,雨,雷霆,山岳的震怒——
猛进,猛进!

矫捷的，猛烈的：吼着，打击着，咆哮着；
烈情的火焰，在层云中狂窜：

恋爱，嫉妒，咒诅，嘲讽，报复，牺牲，烦闷，
疯犬似的跳着，追着，嗥着，咬着，
毒蟒似的绞着，翻着，扫着，舐着——
猛进，猛进！
狂风，暴雨，电闪，雷霆：
烈情与人生！

静了，静了——
不见了晦盲的云罗与雾锢，
只有轻纱似的浮沤，在透明的晴空，
冉冉的飞升，冉冉的翳隐，
像是白羽的安琪，捷报天庭。

静了，静了——
眼前消失了战阵的幻景，
回复了幽谷与冈峦与森林，
青葱，凝静，芳馨，像一个浴罢的处女，
忸怩的无言，默默的自怜。

变幻的自然，变幻的人生，
瞬息的转变，暴烈与和平，
刿心的惨剧与怡神的宁静——
谁是主，谁是宾，谁幻复谁真？
莫非是造化儿的诙谐与游戏，
恣意的反复着涕泪与欢喜，
厄难与幸运，娱乐他的冷酷的心，

与我在云外看雷阵,一般的无情?

1924年2月5日载于《晨报·文学旬刊》。

夜半松风

这是冬夜的山坡。
坡下一座冷落的僧庐,
庐内一个孤独的梦魂:
在忏悔中祈祷,在绝望中沉沦;——

为什么这怒叫,这狂啸,
鼓与金钲与虎与豹?
为什么这幽诉,这私慕?
烈情的惨剧与人生的坎坷——
又一度潮水似的淹没了
这彷徨的梦魂与冷落的僧庐?

写于 1924 年 2 月 22 日。1924 年 7 月 11 日载于《晨报·文学旬刊》第 41 号。

去 罢

去罢,人间,去罢!
我独立在高山的峰上;
去罢,人间,去罢!
我面对着无极的穹苍。

去罢,青年,去罢!
与幽谷的香草同埋;
去罢,青年,去罢!
悲哀付与暮天的群鸦。

去罢,梦乡,去罢!
我把幻景的玉杯摔破;
去罢,梦乡,去罢!
我笑受山风与海涛之贺。

去罢,种种,去罢!
当前有插天的高峰;
去罢,一切,去罢!
当前有无穷的无穷!

写于1924年5月20日。1924年载于《小说月报》第15卷第4号。

沙扬娜拉十八首①

一

我记得扶桑海上的朝阳,
黄金似的散布在扶桑的海上;
我记得扶桑海上的群岛,
翡翠似的浮沤在扶桑的海上——
沙扬娜拉!

二

趁航在轻涛间,悠悠的,
我见有一星星古式的渔舟,
像一群无忧的海鸟,
在黄昏的波光里息羽优游,
沙扬娜拉!

三

这是一座墓园;谁家的墓园
占尽这山中的清风,松馨与流云?
我最不忘那美丽的墓碑与碑铭,
墓中人生前亦有山风与松馨似的清明——

沙扬娜拉!(神户山中墓园)

四

听几折风前的流莺,
看阔翅的鹰鹞穿度浮云,
我倚着一本古松瞑悸:
问墓中人何似墓上人的清闲?
沙扬娜拉!(神户山中墓园)

五

健康、欢欣、疯魔、我羡慕
你们同声的欢呼"阿罗呀啫!"②
我欣幸我参与这满城的花雨,
连翩的蛱蝶飞舞,"阿罗呀啫!"沙
扬娜拉!(大阪典祝)

六

增添我梦里的乐音——便如今——
一声声的木屐、清脆、新鲜、殷勤,
又况是满街艳丽的灯影,
灯影里欢声腾跃,"阿罗呀啫!"沙
扬娜拉!(大阪典祝)

七

仿佛三峡间的风流,

保津川有青嶂连绵的锦绣；
仿佛三峡间的险巇，
飞沫里趁急矢似的扁舟——
沙扬娜拉！（保津川急湍）

八

度一关湍险，驶一段清涟，
清涟里有青山的倩影；
撑定了长篙，小驻在波心，
波心里看闲适的鱼群——
沙扬娜拉！（同前）

九

静！且停那桨声胶爱，
听青林里嘹亮的欢欣，
是画眉，是知更？像是滴滴的香液，
滴入我的苦渴的心灵——
沙扬娜拉！（同前）

十

"乌塔"③：莫讪笑游客的疯狂，
舟人，你们享尽山水的清幽，
喝一杯"沙鸡"④，朋友，共醉风光，
"乌塔，乌塔！"山灵不嫌粗鲁的歌喉——
沙扬娜拉！（同前）

十一

我不辨——辨亦无须——这异样的歌词,
像不逞的波澜在岩窟间吽嘶,
像衰老的武士诉说壮年时的身世,
"乌塔乌塔!"我满怀滟滟的遐思——
沙扬娜拉!(同前)

十二

那是杜鹃!她绣一条锦带,
迤逦着那青山的青麓;
啊,那碧波里亦有她的芳躅,
碧波里掩映着她桃蕊似的娇怯——
沙扬娜拉!(同前)

十三

但供给我沉酣的陶醉,
不仅是杜鹃花的幽芳;
倍胜于娇柔的杜鹃,
最难忘更娇柔的女郎!
沙扬拉娜!

十四

我爱慕她们体态的轻盈,
妩媚是天生,妩媚是天生!
我爱慕她们颜色的调匀,

蝴蝶似的光艳,蛱蝶似的轻盈——
沙扬娜拉!

十五

不辜负造化主的匠心,
她们流盼中有无限的殷勤;
比如薰风与花香似的自由,
我餐不尽她们的笑靥与柔情——
沙扬娜拉!

十六

我是一只幽谷里的夜蝶:
在草丛间成形,在黑暗里飞行,
我献致我翅羽上美丽的金粉,
我爱恋万万里外闪亮的明星——
沙扬娜拉!

十七

我是一只酣醉了的花蜂:
我饱啜了芬芳,我不讳我的猖狂。
如今,在归途上嘤嗡着我的小嗓,
想赞美那别样的花酿,我曾经恣尝——
沙扬娜拉!

十八

最是那一低头的温柔,

像一朵水莲花不胜凉风的娇羞，
道一声珍重，道一声珍重，
那一声珍重里有蜜甜的忧愁——
沙扬娜拉！

写于1924年5-6月随泰戈尔访日期间。1925年8月载于中华书局《志摩的诗》。

注：①沙扬娜拉，日语“再见”的音译。
②阿罗呀喈，日语“谢谢”的音译。
③乌塔，日语“歌唱”的音译。
④沙鸡，日语“酒”的音译。

留别日本

我惭愧我来自古文明的乡国,
我惭愧我脉管中有古先民的遗血,
我惭愧扬子江的流波如今溷浊,
我惭愧——我面对着富士山的清越!

古唐时的壮健常萦我的梦想:
那时洛邑的月色,那时长安的阳光;

那时蜀道的啼猿,那时巫峡的涛响;
更有那哀怨的琵琶,在深夜的浔阳!

但这千余年的痿痹,千余年的懵懂:
更无从辨认——当初华族的优美、从容!
摧残这生命的艺术,是何处来的狂风?
缅念那遍中原的白骨,我不能无恸!

我是一枚飘泊的黄叶,在旋风里飘泊,
回想所从来的巨干,如今枯秃,
我是一颗不幸的水滴,在泥潭里匍匐——
但这干涸了的涧身,亦曾有水流活泼。

我欲化一阵春风,一阵吹嘘生命的春风,

催促那寂寞的大木，惊破他深长的迷梦；
我要一把倔强的铁锹，铲除淤塞与臃肿，
开放那伟大的潜流，又一度在宇宙间汹涌。

为此我羡慕这岛民依旧保持着往古的风尚，
在朴素的乡间想见古社会的雅驯、清洁、壮旷；
我不敢不祈祷古家邦的重光，但同时我愿望——
愿东方的朝霞永葆扶桑的优美，优美的扶桑！

写于1924年5-6月随泰戈尔访日期间。1925年8月载于中华书局《志摩的诗》。

庐山小诗两首

朝雾里的小草花

这岂是偶然,小玲珑的野花!
你轻含着闪亮的珍珠
像是慕光明的花蛾,
在黑暗里想念着焰彩晴霞;
我此时在这蔓草丛中过路,
无端的内感怅惘与惊讶,
在这迷雾里,在这岩壁下。
思忖着泪怦怦的,人生与鲜露?

山中大雾看景

这一瞬息的展露——
是山雾,
是台幕!
这一转瞬的沉闷,
是云蒸,
是人生?
那分明是山,水,田,庐;
又分明是悲,欢,喜,怒;
阿,这眼前刹那间的开朗——

我仿佛感悟了造化的无常!

约写于1924年8月。1924年12月5日载于《晨报·文学旬刊》。

爱眉小札

就是你我
一南一北
你说是我甘愿离南
我只说是你不肯随我北来

就使我打破了头,
也还要保持灵魂的自由

小人知进不知退
不忍为同流合污只苟安
不合作主义
为保持人格起见
生平仅知是非公道从不以人为单位

致梁启超

我之甘冒世之不韪,竭全力以斗者,
非特求免凶惨之苦痛,实求良心之安顿,
求人格之确立,求灵魂之救度耳。
人谁不求庸德?人谁不安现成?人谁不怕艰险?
然且有突围而出者,夫岂得已而然哉?
我将于茫茫人海中访我唯一灵魂之伴侣;
得之,我幸;不得,我命;如此而已。

你 去

你去，我也去，我们在此分手
你上那一条大路，你放心走
你看那街灯一直亮到天边
你只消跟从这光明的直线
你先走，我站在此地望着你
放轻些脚步，别教灰土扬起
我要认清你的远去的背影
直到距离使我认你不分明
再不然我就叫响你的名字
不断的提醒你有我在这里
为消解荒街与深晚的荒凉
目送你归去……

不，我自有主张
你不必为我忧虑；你走大路
我进这条小巷，你看那棵树
高抵着天，我走到那边转弯
再过去是一片荒野的凌乱
有深谭，有浅洼，半亮着止水
在夜芒中像是纷披的眼泪
有石头，有钩刺胫踝的蔓草
在期待过路人疏神时绊倒

但你不必焦心,我有的是胆
凶险的途程不能使我心寒
等你走远了,我就大步向前
这荒野有的是夜露的清鲜
也不愁愁云深裹,但须风动
云海里便波涌星斗的流汞
更何况永远照彻我的心底
有那颗不夜的明珠,我爱你

婴 儿

　　我们要盼望一个伟大的事实出现，我们要守候一个馨香的婴儿出世：——你看他那母亲在她生产的床上受罪！

　　她那少妇的安详，柔和，端丽，现在在剧烈的阵痛里变形成不可信的丑恶：你看她那遍体的筋络都在她薄嫩的皮肤底里暴涨着，可怕的青色与紫色，像受惊的水青蛇在田沟里急泅似的，汗珠贴在她的前额上像一颗颗的黄豆，她的四肢与身体猛烈的抽搐着，畸屈着，奋挺着，纠旋着，仿佛她垫着的席子是用针尖编成的，仿佛她的帐围是用火焰织成的；

　　一个安详的，镇定的，端庄的，美丽的少妇，现在在绞痛的惨酷里变形成魔鬼似的可怖：她的眼，一时紧紧的阖着，一时巨大的睁着，她那眼，原来像冬夜池潭里反映着的明星，现在吐露着青黄色的凶焰，眼珠像是烧红的炭火，映射出她灵魂最后的奋斗，她的原来朱红色的口唇，现在像是炉底的冷灰，她的口颤着、撅着、扭着、死神的热烈的亲吻不容许她一息的平安，她的发是散披着横在口边，漫在胸前像揪乱的麻丝，她的手指间紧抓着几穗拧下来的乱发；

　　这母亲在她生产的床上受罪——

　　但她还不曾绝望，她的生命挣扎着血与肉与骨与肢体的纤微，在危崖的边沿上，抵抗着，搏斗着，死神的逼迫；

　　她还不曾放手，因为她知道（她的灵魂知道！）这苦痛不是无因的，因为她知道她的胎宫里孕育着一点比她自己更伟大的生命的种子，包涵着一个比一切更永久的婴儿；

　　因为她知道这苦痛是婴儿要求出世的征候，是种子在泥土里爆

裂成美丽的生命的消息,是她完成她自己生命的使命的时机;

因为她知道这忍耐是有结果的,在她剧痛的昏瞀中,她仿佛听着上帝准许人间祈祷的声音,她仿佛听着天使们赞美未来的光明的声音;

因此她忍耐着、抵抗着、奋斗着……她抵拼绷断她统体的纤微,她要赎出在她那胎宫里动荡着的生命,在她一个完全美丽的婴儿出世的盼望中,最锐利、最沉酣的痛感逼成了最锐利最沉酣的快感……

写于1924年9月底。1924年10月5日载于《晨报·文学旬刊》。

问　谁

问谁？呵，这光阴的播弄问谁去声诉，
在这冻沉沉的深夜，凄风吹拂她的新墓？
"看守，你须用心的看守，这活泼的流溪，
莫错过，在这清波里优游，青鲫与红鳍！"

那无声的私语在我的耳边似曾幽幽的吹嘘，
像秋雾里的远山，半化烟，在晓风前卷舒。
因此我紧揽着我生命的绳网，像一个守夜的渔翁，
兢兢的，注视着那无尽流的时光——私冀有彩鳞掀涌。
但如今，如今只余这破烂的渔网——嘲讽我的希冀，
我喘息的怅望着不复返的时光；泪依依的憔悴！
又何况在这黑夜里徘徊，黑夜似的痛楚：
一个星芒下的黑影凄迷——留恋着一个新墓！
问谁……我不敢抢呼，怕惊扰这墓底的清淳；
我俯身，我伸手向她搂抱——啊，这半潮润的新坟！
这惨人的旷野无有边沿，远处有村火星星，
丛林中有鸱鸮在悍辩——此地有伤心，只影！
这黑夜，深沉的，环包着大地；笼罩着你与我——
你，静凄凄的安眠在墓底；我，在迷醉里摩挲！
正愿天光更不从东方按时的泛滥：
我便永远依偎着这墓旁——在沉寂里消幻——
但青曦已在那天边吐露，苏醒的林鸟，

已在远近间相应喧呼——又是一度清晓。
不久,这严冬过去,东风又来催促青条:
便妆缀这冷落的墓宫,亦不无花草飘飖。
但为你,我爱,如今永远封禁在这无情的地下——我更不盼天光,更无有春信:我的是无边的黑夜!

约写于1924年秋。1925年8月载于中华书局《志摩的诗》。

天国的消息

可爱的秋景!无声的落叶,
轻盈的,轻盈的,掉落在这小径,
竹篱内,隐约的,有小儿女的笑声:

呖呖的清音,缭绕着村舍的静谧,
仿佛是幽谷里的小鸟,欢噪着清晨,
驱散了昏夜的晦塞,开始无限光明。

霎那的欢欣,昙花似的涌现,
开豁了我的情绪,忘却了春恋,
人生的惶惑与悲哀,惆怅与短促——
在这稚子的欢笑声里。想见了天国!

晚霞泛滥着金色的枫林,
凉风吹拂着我孤独的身形;
我灵海里啸响着伟大的波涛,
应和更伟大的脉搏,更伟大的灵潮!

约写于1924年秋。1925年8月载于中华书局《志摩的诗》。

冢中的岁月

白杨树上一阵鸦啼,
白杨树上叶落纷披,
白杨树下有荒土一堆:
亦无有青草,亦无有墓碑;

亦无有蛱蝶双飞,
亦无有过客依违,
有时点缀荒野的暮霭,
土堆邻近有青磷闪闪。

埋葬了也不得安逸,
髑髅在坟底叹息;
舍手了也不得静谧,
髑髅在坟底饮泣。

破碎的愿望梗塞我的呼吸,
伤禽似的震悸着他的羽翼;
白骨放射着赤色的火焰——
却烧不尽生前的恋与怨。

白杨在西风里无语,摇曳,
孤魂在墓窟的凄凉里寻味:

"从不享,可怜,祭扫的温慰,
　更有谁存念我生平的梗概!"

1924 年 10 月 15 日载于《晨报副刊》。

谁知道

我在深夜里坐着车回家——
一个褴褛的老头他使着劲儿拉;
天上不见一个星,
街上没有一只灯:
那车灯的小火
冲着街心里的土——
左一个颠簸,右一个颠簸,
拉车的走着他的跟跄步;
……

"我说拉车的,这道儿哪儿能这么的黑?"
"可不是先生?这道儿真——真黑!"
他拉——拉过了一条街,穿过了一座门,
转一个弯,转一个弯,一般的暗沉沉——
天上不见一个星,
街上没有一个灯:
那车灯的小火
蒙着街心里的土——
左一个颠簸,右一个颠簸,
拉车的走着他的跟跄步;
……

"我说拉车的,这道儿哪儿能这么的静?"
"可不是先生?这道儿真——真静!"
他拉——紧贴着一垛墙,长城似的长,
过一处河沿,转入了黑遥遥的旷野;
天上不露一颗星,
道上没有一只灯:
那车灯的小火
晃着道儿上的土——
左一个颠簸,右一个颠簸,
拉车的走着他的踉跄步;
……

"我说拉车的,怎么这儿道上一个人都不见?"
"倒是有,先生,就是您不大瞧得见!"
我骨髓里一阵子的冷——
那边青缭缭的是鬼还是人?
仿佛听着呜咽与笑声——
啊,原来这遍地都是坟!
天上不亮一颗星,
道上没有一只灯:
那车灯的小火
缭着道儿上的土——
左一个颠簸,右一个颠簸,
拉车的跨着他的踉跄步;
……

"我说——我说拉车的喂!这道儿哪……哪儿有这儿远?"
"可不是先生?这道儿真——真远!"

"可是……你拉我回家……你走错了道儿没有？"
"谁知道先生！谁知道走错了道儿没有！"
……

我在深夜里坐着车回家，
一堆不相识的褴褛他使着劲儿拉；
天上不明一颗星，
道上不见一只灯：
只那车灯的小火
袅着道儿上的土——
左一个颠簸，右一个颠簸。
拉车的跨着他的蹒跚步。

写于1924年11月初。1924年11月9日载于《晨报副刊》。

好久不见

一生至少该有一次,
为了某个人而忘了自己,
不求有结果,不求同行,
不求曾经拥有,
甚至不求你爱我,
只求在我最美的年华里,
遇到你。

幸好爱情不是一切,
幸好一切都不是爱情。
最解脱的莫过于心死了,
可是要心死,
得要经过心碎。
这心碎……
就没法形容给你听了。

一个人的世界,很安静,
安静的可以听到自己的
呼吸声和心跳声。
我的世界太过安静,
静得可以听见自己心跳的声音。
心房的血液慢慢流回心室,

如此这般的轮回。

他的世界没有她,
她的世界只有他。
世界就是这样,
从来没有公平可言。
这是一场没有时限的角力战,
谁在乎的越多,就输的越惨。

立冬、小雪、大雪、
冬至、小寒、大寒。
在无法遇见第二个
寂寞的人的寂寞冬天。
独自行走独自唱歌独自逛街
独自看着一整个世界狂欢。
人们手牵手地逛着游乐园。
他是她的独一,我是所有人的无二。
世界充满了我们相遇的几率。
我却始终无法遇见你。

你会不会忽然的出现,
在街角的咖啡店,
我会带着笑脸,和你寒暄,
不去说从前,只是寒暄,
对你说一句,只是说一句,
好久不见。

轻吟一句情话,执笔一副情画,
绽放一地情花,覆盖一片青瓦,

共饮一杯清茶,同研一碗青砂,
挽起一面轻纱,看清天边月牙,
爱像水墨青花,何惧刹那芳华。

古怪的世界

从松江的石湖塘
上车来老妇一双,
颤巍巍的承住弓形的老人身,
多谢(我猜是)普陀山的盘龙藤:

青布棉袄,黑布棉套,
头毛半秃,齿牙半耗;
肩挨肩的坐落在阳光暖暖的窗前,
畏葸的,呢喃的,像一对寒天的老燕;

震震的干枯的手背,
震震的皱缩的下颏:
这二老!是妯娌,是姑嫂,是姊妹?紧挨着,
老眼中有伤悲的眼泪!

怜悯!贫苦不是卑贱,
老衰中有无限庄严——
老年人有什么悲哀,为什么凄伤?
为什么在这快乐的新年,抛却家乡?

同车里杂沓的人声,
轨道上疾转着车轮;

我独自的,独自的沉思这世界古怪——
是谁吹弄着那不调谐的人道的音籁?

　　写于 1923 年冬。1924 年 12 月 1 日载于《晨报六周年纪念增刊》。

为要寻一个明星

我骑着一匹拐腿的瞎马,
向着黑夜里加鞭——
向着黑夜里加鞭,
我跨着一匹拐腿的瞎马。
我冲入这黑绵绵的昏夜,
为要寻一颗明星——
为要寻一颗明星,
我冲入这黑茫茫的荒野。
累坏了,累坏了我胯下的牲口,
那明星还不出现——
那明星还不出现,
累坏了,累坏了马鞍上的身手。
这回天上透出了水晶似的光明,
荒野里倒着一只牲口,
黑夜里躺着一具尸首——
这回天上透出了水晶似的光明!

写于 1924 年 11 月 23 日。1924 年 12 月 1 日载于《晨报六周年纪念增刊》。

在那山道旁

在那山道旁,一天雾蒙蒙的朝上,
初生的小蓝花在草丛里窥觑,
我送别她归去,与她在此分离,
在青草里飘拂,她的洁白的裙衣。

我不曾开言,她亦不曾告辞,
驻足在山道旁,我暗暗的寻思:
"吐露你的秘密,这不是最好时机?"——
露湛的小草花,仿佛恼我的迟疑。

为什么迟疑,这是最后的时机,
在这山道旁,在这雾茫的朝上?
收集了勇气,向着她我旋转身去——
但是啊!为什么她这满眼凄惶?

我咽住了我的话,低下了我的头:
火灼与冰激在我的心胸间回荡,
啊,我认识了我的命运,她的忧愁——
在这浓雾里,在这凄清的道旁!

在那天朝上,在雾茫茫的山道旁,
新生的小蓝花在草丛里睥睨,

我目送她远去,与她从此分离——
在青草间飘拂,她那洁白的裙衣!

1924年12月1日载于《晨报·文学旬刊》。

五老峰

不可摇撼的神奇,
不容注视的威严,
这耸峙,这横蟠,
这不可攀援的峻险!
看!那巉岩缺处
透露着天,窈远的苍天,
在无限广博的怀抱间,
这磅礴的伟像显现!

是谁的意境,是谁的想象?
是谁的工程与搏造的手痕?
在这亘古的空灵中
陵慢着天风,天体与天氛!
有时朵朵明媚的彩云,
轻颤的,妆缀着老人们的苍鬓,
像一树虬干的古梅在月下
吐露了艳色鲜葩的清芬!

山麓前伐木的村童,
在山涧的清流中洗濯,呼啸,
认识老人们的嗔謦,
迷雾海沫似的喷涌,铺罩,

淹没了谷内的青林，
隔绝了鄱阳的水色袅渺，
陡壁前闪亮着火电，听呀！
五老们在渺茫的雾海外狂笑！

朝霞照他们的前胸，
晚霞戏逗着他们赤秃的头颅；
黄昏时，听异鸟的欢呼，
在他们鸠盘的肩旁怯怯的透露
不昧的星光与月彩：
柔波里，缓泛着的小艇与轻舸；
听呀！在海会静穆的钟声里，
有朝山人在落叶林中过路！
更无有人事的虚荣，
更无有尘世的仓促与噩梦，
灵魂！记取这从容与伟大，
在五老峰前饱啜自由的山风！
这不是山峰，这是古圣人的祈祷，
凝聚成这"冻乐"似的建筑神工，
给人间一个不朽的凭证——
一个"崛强的疑问"在无极的蓝空！

约写于1924年12月。1925年8月载于中华书局《志摩的诗》。

消 息

雷雨暂时收敛了；
双龙似的双虹，
显现在雾霭中，
夭矫、鲜艳、生动——
好兆！明天准是好天了。

什么！又是一阵打雷了——
在云外、在天外，
又是一片暗淡，
不见了鲜虹彩——
希望，不曾站稳，又毁了。

写于1924年12月。1924年12月载于《孤军周报》第4期。

雪花的快乐

假如我是一朵雪花,
翩翩的在半空里潇洒,
我一定认清我的方向——
飞飏,飞飏,飞飏——
这地面上有我的方向。
不去那冷寞的幽谷,
不去那凄清的山麓,
也不上荒街去惆怅——
飞飏,飞飏,飞飏——
你看,我有我的方向!
在半空里娟娟的飞舞,
认明了那清幽的住处,
等着她来花园里探望——
飞飏,飞飏,飞飏——
啊,她身上有朱砂梅的清香!
那时我凭借我的身轻,
盈盈的,沾住了她的衣襟,
贴近她柔波似的心胸——
消溶,消溶,消溶——
溶入了她柔波似的心胸!

写于1924年12月30日。1925年1月17日载于《现代评论》第1卷第6期。

荒凉的城子

我眼前暗沉沉的地面,
我眼前暗森森的诸天。
她——我心爱的,哪里去了——那女子,
她的眼明星似的闪耀?
我眼前一片凄凉的街市。
我眼前一片凄凉的城子。
灾难后的城子,只剩有
剐残的人尸。

黎明时我忧忡忡的起身,
打开我的窗棂,
进来的却不是光明,进来的
是鲜明的爱情。
树枝上的鸟雀已经苏醒起,
我倾听他们的歌音;
他们各自呼唤着他们的恋情;
就只我是孤身。

这是生命与快乐的时辰,
我在我心里说话。
各个的生物有他的欢欣,
在阳光中过他的生活,

他们在各个同伴的眼内寻着。
光明,那怜惜的光明,
这是相互怜惜的时候,这是
相互爱恋的光阴。

说话呀!荒凉的城子!说话呀!
凄凉中的寂静!
她,我挚爱的,哪里去了,
她,认识我的魂灵?
那热情的眼如今在哪里?
曾经对着我的眼含情的凝睇?
那亲吻我的香唇如今在哪里?
在那里,那酥胸曾经我的
胸怀偎依?
说话呀,你我灵魂的灵魂:
我心里的情怀已经默起,

告诉我,在那毁灭与恐怖的日子
你遁迹在哪里?
看呀,我的手臂依旧抱着你,
抱着你是抱着天体,
看呀,我的心愿依旧靠傍着你,
我的心愿充塞着大地。

我不禁在忧伤中悲诉,
我离开了窗前,我转过身去,
我向着楼梯,走出门去
走上空虚的街去,
在忧伤中放声的哀恸,

可怜再没有人责我的过庆,
谁嘲讽我的软弱,更有
谁怜悯我的眼泪?

约写于1925年前后。1983年载于香港商务印书馆《徐志摩全集》第1集。

不再是我的乖乖

一

前天我是一个小孩,
这海滩最是我的爱;
早起的太阳赛如火炉,
趁暖和我来做我的工夫:
捡满一衣兜的贝壳,
在这海砂上起造宫阙;
哦,这浪头来得凶恶,
冲了我得意的建筑——
我喊一声海,海!
你是我小孩儿的乖乖!

二

昨天我是一个"情种",
到这海滩上来发疯;
西天的晚霞慢慢的死,
血红变成姜黄,又变紫,
一颗星在半空里窥伺,
我匍伏在砂堆里画字,
一个字,一个字,又一个字,

谁说不是我心爱的游戏?
我喊一声海,海!
不许你有一点儿的更改!

三

今天!咳,为什么要有今天?
不比从前,没了我的疯癫,
再没有小孩时的新鲜,
这回再不来这大海的边沿!
头顶不见天光的方便,
海上只暗沉沉的一片,
暗潮侵蚀了砂字的痕迹,
却不冲淡我悲惨的颜色——
我喊一声海,海!
你从此不再是我的乖乖!

写于1925年1月。1925年1月11日载于《京报副刊》。

残 诗

怨谁？怨谁？这不是青天里打雷？
关着，锁上；赶明儿瓷花砖上堆灰！
别瞧这白石台阶儿光滑，赶明儿，唉，
石缝里长草，石板上青青的全是莓！
那廊下的青玉缸里养着鱼，真凤尾，
可还有谁给换水，谁给捞草，谁给喂？
要不了三五天准翻着白肚鼓着眼，
不浮着死，也就让冰分儿压一个扁！
顶可怜是那几个红嘴绿毛的鹦哥，
让娘娘教得顶乖，会跟着洞箫唱歌，
真娇养惯，喂食一迟，就叫人名儿骂，
现在，您叫去！就剩空院子给您答话……

写于1925年1月。1925年1月15日载于《晨报·文学旬刊》第59号。

这是一个懦怯的世界

这是一个懦怯的世界,
容不得恋爱,容不得恋爱!
披散你的满头发,
赤露你的一双脚;
跟着我来,我的恋爱,

抛弃这个世界
殉我们的恋爱!

我拉着你的手,
爱,你跟着我走;
听凭荆棘把我们的脚心刺透,
听凭冰雹劈破我们的头,
你跟着我走,
我拉着你的手,
逃出了牢笼,恢复我们的自由!

跟着我来,
我的恋爱!
人间已经掉落在我们的后背——
看呀,这不是白茫茫的大海?
白茫茫的大海,

白茫茫的大海,
无边的自由,我与你与恋爱!

顺着我的指头看,
那天边一小星的蓝——
那是一座岛,岛上有青草,
鲜花,美丽的走兽与飞鸟;
快上这轻快的小艇,
去到那理想的天庭——
恋爱,欢欣,自由——辞别了人间,永远!

写于 1925 年 2 月。1925 年 8 月载于中华书局《志摩的诗》。

一块晦色的路碑

脚步轻些,过路人!
休惊动那最可爱的灵魂,
如今安眠在这地下,
有绛色的野草花掩护她的余烬。

你且站定,在这无名的土阜边,
任晚风吹弄你的衣襟;
倘如这片刻的静定感动了你的悲悯,
让你的泪珠圆圆的滴下——
为这长眠着的美丽的灵魂!

过路人,假若你也曾
在这人间不平的道上颠顿,
让你此时的感愤凝成最锋利的悲悯,
在你的激震着的心叶上。
刺出一滴,两滴的鲜血——
为这遭冤屈的最纯洁的灵魂!

写于1925年3月1日。1925年3月7日载于《晨报副刊》。

翡冷翠的一夜①

你真的走了,明天?那我,那我……
你也不用管,迟早有那一天;
你愿意记着我,就记着我,
要不然趁早忘了这世界上
有我,省得想起时空着恼,
只当是一个梦,一个幻想;
只当是前天我们见的残红,
怯怜怜的在风前抖擞,一瓣,
两瓣,落地,叫人踩,变泥……
唉,叫人踩,变泥——变了泥倒干净,
这半死不活的才叫是受罪,
看着寒伧,累赘,叫人白眼——
天呀!你何苦来,你何苦来……
我可忘不了你,那一天你来,
就比如黑暗的前途见了光彩,
你是我的先生,我爱,我的恩人,
你教给我什么是生命,什么是爱,
你惊醒我的昏迷,偿还我的天真,
没有你我哪知道天是高,草是青?
你摸摸我的心,它这下跳得多快;
再摸我的脸,烧得多焦,亏这夜黑
看不见;爱,我气都喘不过来了,

别亲我了；我受不住这烈火似的活，
这阵子我的灵魂就像是火砖上的
熟铁，在爱的锤子下，砸，砸，火花
四散的飞洒……我晕了，抱着我，
爱，就让我在这儿清静的园内，
闭着眼，死在你的胸前，多美！
头顶白杨树上的风声，沙沙的，
算是我的丧歌，这一阵清风，
橄榄林里吹来的，带着石榴花香，
就带了我的灵魂走，还有那萤火，
多情的殷勤的萤火，有他们照路，
我到了那三环洞的桥上再停步，
听你在这儿抱着我半暖的身体，
悲声的叫我、亲我、摇我、咂我……
我就微笑的再跟着清风走，
随他领着我，天堂、地狱，哪儿都成，
反正丢了这可厌的人生，实现这死
在爱里，这爱中心的死，不强如
五百次的投生？……自私，我知道，
可我也管不着……你伴着我死？
什么，不成双就不是完全的"爱死"，
要飞升也得两对翅膀儿打伙，
进了天堂还不一样的得照顾，
我少不了你，你也不能没有我；
要是地狱，我单身去你更不放心，
你说地狱不定比这世界文明
（虽则我不信，）像我这娇嫩的花朵，
难保不再遭风暴，不叫雨打，
那时候我喊你，你也听不分明——

那不是求解脱反投进了泥坑，
倒叫冷眼的鬼串通了冷心的人，
笑我的命运，笑你懦怯的粗心？
这话也有理，那叫我怎么办呢？
活着难，太难，就死也不得自由，
我又不愿你为我牺牲你的前程……
唉！你说还是活着等，等那一天！
有那一天吗？你在，就是我的信心；
可是天亮你就得走，你真的忍心
丢了我走？我又不能留你，这是命；
但这花，没阳光晒，没甘露浸，
不死也不免瓣尖儿焦萎，多可怜！
你不能忘我，爱，除了在你的心里，
我再没有命，是，我听你的话，我等，
等铁树儿开花我也得耐心等；
爱，你永远是我头顶的一颗明星：
要是不幸死了，我就变一个萤火，
在这园里，挨着草根，暗沉沉的飞，
黄昏飞到半夜，半夜飞到天明，
只愿天空不生云，我望得见天
天上那颗不变的大星，那是你，
但愿你为我多放光明，隔着夜，
隔着天，通着恋爱的灵犀一点……

写于 1925 年 6 月 11 日。1926 年 1 月 2 日载于《现代评论》第 3 卷第 56 期。

注：①翡冷翠，Florence，意大利中部城市佛罗伦萨。

多谢天!我的心又一度的跳荡

多谢天!我的心又一度的跳荡,
这天蓝与海青与明洁的阳光,
驱净了梅雨时期无欢的踪迹,
也散放了我心头的网罗与纽结,
像一朵曼陀罗花英英的露爽,
在空灵与自由中忘却了迷惘——
迷惘,迷惘!也不知来自何处,
囚禁着我心灵的自然的流露,
可怖的梦魇,黑夜无边的惨酷,
苏醒的盼切,只增剧灵魂的麻木!
曾经有多少的白昼,黄昏,清晨,
嘲讽我这蚕茧似不生产的生存?
也不知有几遭的明月,星群,晴霞,
山岭的高亢与流水的光华……
辜负!辜负自然界叫唤的殷勤,
惊不醒这沉醉的昏迷与顽冥!

如今,多谢这无名的博大的光辉,
在艳色的青波与绿岛间萦洄,
更有那渔船与帆影,亭亭的黏附
在天边,唤起辽远的梦景与梦趣:
我不由的惊悚,我不由的感愧;

（有时微笑的妩媚是启悟的棒槌！）
是何来倏忽的神明，为我解脱
忧愁，新竹似的豁裂了外箨，
透露内裹的青篁，又为我洗净
障眼的盲翳，重见宇宙间的欢欣。

这或许是我生命重新的机兆；
大自然的精神！容纳我的祈祷，
容许我的不踌躇的注视，容许
我的热情的献致，容许我保持
这显示的神奇，这现在与此地，
这不可比拟的一切间隔的毁灭！
我更不问我的希望，我的惆怅，
未来与过去只是渺茫的幻想，
更不向人间访问幸福的进门，
只求每时分给我不死的印痕——
变一颗埃尘，一颗无形的埃尘，
追随着造化的车轮，进行，进行……

写于1925年8月之前。1925年8月载于中华书局《志摩的诗》。

我有一个恋爱

我有一个恋爱,
我爱天上的明星,
我爱它们的晶莹——
人间没有这异样的神明!
在冷峭的暮冬的黄昏,
在寂寞的灰色的清晨,
在海上,在风雨后的山顶——
永远有一颗,万颗的明星!
山涧边小草花的知心,
高楼上小孩童的欢欣,
旅行人的灯亮与南针——
万万里外闪烁的精灵!
我有一个破碎的魂灵,
像一堆破碎的水晶,
散布在荒野的枯草里——
饱啜你一瞬瞬的殷勤。
人生的冰激与柔情,
我也曾尝味,我也曾容忍;
有时阶砌下蟋蟀的秋吟——
引起我心伤,逼迫我泪零。
我袒露我的坦白的胸襟,
献爱与一天的明星;

任凭人生是幻是真,
地球存在或是消泯——
太空中永远有不昧的明星!

写于1925年8月之前。1925年8月载于中华书局《志摩的诗》。

乡村里的音籁

小舟在垂柳荫间缓泛,
一阵阵初秋的凉风,
吹生了水面的漪绒,
吹来两岸乡村里的音籁。

我独自凭着船窗闲憩,
静看着一河的波幻,
静听着远近的音籁,
又一度与童年的情景默契!

这是清脆的稚儿的呼唤,
田场上工作纷纭,
竹篱边犬吠鸡鸣,
但这无端的悲感与凄惋!

白云在蓝天里飞行,
我欲把恼人的年岁,
我欲把恼人的情爱,
托付与无涯的空灵——消泯!

回复我纯朴的,美丽的童心:
像山谷里的冷泉一勺,

像晓风里的白头乳鹊，
像池畔的草花，自然的鲜明。

写于1925年8月之前。1925年8月载于中华书局《志摩的诗》。

起造一座墙

你我千万不可亵渎那一个字,
别忘了在上帝跟前起的誓。
我不仅要你最柔软的柔情,
蕉衣似的永远裹着我的心;
我要你的爱有纯钢似的强,
在这流动的生里起造一座墙;
任凭秋风吹尽满园的黄叶,
任凭白蚁蛀烂千年的画壁;
就使有一天霹雳震翻了宇宙——
也震不翻你我"爱墙"内的自由!

写于 1925 年 8 月。1925 年 9 月 5 日载于《现代评论》第 2 卷第 39 期。

无 题

原是你的本分，朝山人的胫踝，
这荆刺的伤痛！回看你的来路，
看那草丛乱石间斑斑的血迹，
在暮霭里记认你从来的踪迹！
且缓抚摩你的肢体，你的止境
还远在那白云环拱处的山岭！

无声的暮烟，远从那山麓与林边，
渐渐的潮没了这旷野，这荒天，
你渺小的孑影面对这冥盲的前程，
像在怒涛间的轻航失去了南针；
更有那黑夜的恐怖，悚骨的狼嗥，
狐鸣、鹰啸、蔓草间有蝮蛇缠绕！

退后？昏夜一般的吞蚀血染的来踪，
倒地？这懦怯的累赘问谁去收容？
前冲？啊，前冲！冲破这黑暗的冥凶。冲
破一切的恐怖、迟疑、畏葸、苦痛，血淋
漓的践踏过三角棱的劲刺，
丛莽中伏兽的利爪，蜿蜒的虫豸！

前冲；灵魂的勇是你成功的秘密！

这回你看,在这决心舍命的瞬息,
迷雾已经让路,让给不变的天光,
一弯青玉似的明月在云隙里探望,
依稀窗纱间美人启齿的瓠犀——
那是灵感的赞许,最恩宠的赠与!

更有那高峰,你那最想望的高峰,
亦已涌现在当前,莲苞似的玲珑,
在蓝天里,在月华中,秾艳,崇高,
朝山人,这异像便是你跋涉的酬劳!

1925年8月载于中华书局《志摩的诗》。

我来扬子江边买一把莲蓬

我来扬子江边买一把莲蓬；
手剥一层层莲衣，
看江鸥在眼前飞，
忍含着一眼悲泪——
我想着你，我想着你，啊小龙！

我尝一尝莲瓤，回味曾经的温存——
那阶前不卷的重帘，
掩护着同心的欢恋，
我又听着你的盟言，
"永远是你的，我的身体，我的灵魂。"

我尝一尝莲心，我的心比莲心苦；
我长夜里怔忡，
挣不开的恶梦，
谁知我的苦痛？
你害了我，爱，这日子叫我如何过？

但我不能责你负，我不忍猜你变，
我心肠只是一片柔：
你是我的！我依旧将你紧紧的抱搂——
除非是天翻——但谁能想象那一天？

写于1925年9月9日。1925年10月29日载于《晨报副刊》。

海边的梦

我独自在海边徘徊,
遥望着天边的霞彩,
我想起了我的爱,
不知她这时候何在?
我在这儿等待——
她为什么不来?
我独自在海边发痴——
沙滩里平添了无数的相思字。

假使她在这儿伴着我,在
这寂寥的海边散步?海
鸥声里,
听私语喁喁,
浅沙滩里,
印交错的脚踪,
我唱一曲海边的恋歌,
爱,你幽幽的低着嗓儿和!

这海边还不是你我的家,
你看那边鲜血似的晚霞;
我们要寻死,
我们交抱着往波心里跳,

绝灭了这皮囊,
好叫你我的恋魂悠久的逍遥。
这时候的新来的双星挂上天堂,
放射着不磨灭的爱的光芒。

夕阳已在沉沉的淡化,
这黄昏的美,
有谁能描画?
莽莽的天涯,
哪里是我的家,
哪里是我的家?
爱人呀,我这般的想着你,
你那里可也有丝毫的牵挂?

1925年11月28日《现代评论》第2卷第51期。

罪与罚（一）

在这冰冷的深夜，在这冰冷的庙前，
匍匐着，星光里照出，一个冰冷的人形：
是病吗？不听见有呻吟。
死了吗？她肢体在颤震。
啊，假如你的手能向深奥处摸索，
她那冰冷的身体里还有个更冷的心！
她不是遇难的孤身，
她不是被摈弃的妇人；
不是尼僧，尼僧也不来深夜里修行；
她没有犯法，她的不是寻常的罪名：
她是一个美妇人，
她是一个恶妇人——
她今天忽然发觉了她无形中的罪孽，
因此在这深夜里到上帝跟前来招认。

1926年4月21日载于《晨报副刊·诗镌》第4号。

再休怪我的脸沉

不要着恼,乖乖,不要怪嫌
我的脸绷得直长,
我的脸绷得是长,
可不是对你,对恋爱生厌。

不要凭空往大坑里盲跳:
胡猜是一个大坑,
这里面坑得死人;
你听我讲,乖,用不着烦恼。

你,我的恋爱,早就不是你:
你我早变成一身,
呼吸,命运,灵魂——
再没有力量把你我分离。

你我比是桃花接上竹叶,
露水合着嘴唇吃,
经脉胶成同命丝,
单等春风到开一个满艳。

谁能怀疑他自创的恋爱?
天空有星光耿耿,

冰雪压不倒青春,
任凭海有时枯,石有时烂!

不是的,乖,不是对爱生厌!
你胡猜我也不怪,
我的样儿是太难,
反正我得对你深深道歉。

不错,我恼,恼的是我自己:
(山怨土堆不够高;
河对水私下唠叨。)
恨我自己为甚这不争气。

我的心(我信)比似个浅洼:
跳动着几条泥鳅,
积不住三尺清流,
盼不到天光,映不着彩霞;

又比是个力乏的朝山客;
他望见白云缭绕,
拥护着山远山高,
但他只能在倦疲中沉默。

也不是不认识上天威力;
他何尝甘愿绝望,
空对着光阴怅惘——
你到深夜里来听他悲泣!

就说爱,我虽则有了你,爱,
不愁在生命道上,

感受孤立的恐慌,
但天知道我还想往上攀!

恋爱,我要更光明的实现:
草堆里一个萤火,
企慕着天顶星罗:
我要你我的爱高比得天!

我要那洗度灵魂的圣泉,
洗掉这皮囊腌臜,
解放内裹的囚犯,
化一缕轻烟,化一朵青莲。

这,你看,才叫是烦恼自找;
从清晨直到黄昏,
从天昏又到天明,
活动着我自剖的一把钢刀!

不是自杀,你得认个分明。
劈去生活的余渣,
为要生命的精华;
给我勇气,啊,唯一的亲亲!

给我勇气,我要的是力量,
快来救我这围城,
再休怪我的脸沉,
快来,乖乖,抱住我的思想!

写于 1926 年 4 月 22 日。1926 年 4 月 29 日载于《晨报副刊·诗镌》第 5 号。

望 月

月：我隔着窗纱，在黑暗中，
望她从巉岩的山肩挣起——
一轮惺忪的不整的光华：
像一个处女，怀抱着贞洁，
惊惶的，挣出强暴的爪牙；

这使我想起你，我爱，当初
也曾在恶运的利齿间捱！
但如今，正如蓝天里明月：
你已升起在幸福的前峰，
洒光辉照亮地面的坎坷！

1926年5月6日载于《晨报副刊·诗镌》第6号。

火车擒住轨

火车擒住轨,在黑夜里奔:
过山,过水,过陈死人的坟:
过桥,听钢骨牛喘似的叫,
过荒野,过门户破烂的庙;
过池塘,群蛙在黑水里打鼓,
过噤口的村庄,不见一粒火;
过冰清的小站,上下没有客,
月台袒露着肚子,像是罪恶。
这时车的呻吟惊醒了天上
三两个星,躲在云缝里张望;
那是干什么的,他们在疑问,
大凉夜不歇着,直闹又是哼,
长虫似的一条,呼吸是火焰,
一死儿往暗里闯,不顾危险,
就凭那精窄的两道,算是轨,
驮着这份重,梦一般的累坠。
累坠!那些奇异的善良的人,
放平了心安睡,把他们不论
俊的村的命全盘交给了它,
不论爬的是高山还是低洼,
不问深林里有怪鸟在诅咒,
天象的辉煌全对着毁灭走;

只图眼着过得,裂大嘴打呼,
明儿车一到,抢了皮包走路!
这态度也不错!愁没有个底;
你我在天空,那天也不休息,
睁大了眼,什么事都看分明,
但自己又何尝能支使运命?
说什么光明,智慧永恒的美,
彼此同是在一条线上受罪,
就差你我的寿数比他们强,
这玩意反正是一篇糊涂账。

新催妆曲

一

新娘,你为什么紧锁你的眉尖,
(听掌声如春雨吼,
鼓乐暴雨似的流!)
在缤纷的花雨中步慵慵的向前:
(向前,向前,到礼台边,
见新郎面!)
莫非这嘉礼惊醒了你的忧愁:
一针针的忧愁,
你的芳心刺透,
逼迫你热泪流——
新娘,为什么你紧锁你的眉尖?

二

新娘,这礼堂不是杀人的屠场,
(听掌声如震天雷,
闹乐暴雨似的催!)
那台上站着的不是吃人的魔王:
他是新郎,
他是新郎,

你的新郎；
新娘，美满的幸福等在你的前面，
你快向前，
到礼台边，
见新郎面——
新娘，这礼堂不是杀人的屠场！

三

新娘，有谁猜得你的心头怨？
（听掌声如劈山雷，
鼓乐暴雨似的催，
催花巍巍的新人快步的向前，
向前，向前，到礼台边，
见新郎面。）
莫非你到今朝，这定运的一天，
又想起那时候，
他热烈的抱搂，
那颤栗，那绸缪——
新娘，有谁猜得你的心头怨？

四

新娘，把钩消的墓门压在你的心上：
（这礼堂是你的坟场，
你的生命从此埋葬！）
让伤心的热血添浓你颊上的红光；
（你快向前，到礼台边，
见新郎面！）

忘却了,永远忘却了人间有一个他:
让时间的灰烬,
掩埋了他的心,
他的爱,他的影,
新娘,谁不艳羡你的幸福,你的荣华!

1926年5月13日载于《晨报副刊·诗镌》第7号。

偶　然

我是天空里的一片云，
偶尔投影在你的波心——
你不必讶异，
更无须欢喜——
在转瞬间消灭了踪影。

你我相逢在黑夜的海上，
你有你的，我有我的，方向；
你记得也好，
最好你忘掉，
在这交会时互放的光亮！

写于 1926 年 5 月中旬。1926 年 5 月 27 日载于《晨报副刊·诗镌》第 9 号。

半夜深巷琵琶

又被它从睡梦中惊醒,深夜里的琵琶!
是谁的悲思,
是谁的手指,
像一阵凄风,像一阵惨雨,像一阵落花,
在这夜深深时,
在这睡昏昏时,
挑动着紧促的弦索,乱弹着宫商角徵,
和着这深夜,荒街,
柳梢头有残月挂,
啊,半轮的残月,像是破碎的希望,他
头戴一顶开花帽,
身上带着铁链条,
在光阴的道上疯了似的跳,疯了似的笑,
完了,他说,吹糊你的灯,
她在坟墓的那一边等,
等你去亲吻,等你去亲吻,等你去亲吻!

1926年5月20日载于《晨报副刊·诗镌》第8号。

人变兽（战歌之二）

朋友，这年头真不容易过。
你出城去看光景就有数——
柳林中有乌鸦们在争吵，
分不匀死人身上的脂膏；

城门洞里一阵阵的旋风起，
跳舞着没脑袋的英雄，
那田畦里碧葱葱的豆苗，
你信不信全是用鲜血浇！

还有那井边挑水的姑娘，
你问她为甚走道像带伤——
抹下西山黄昏的一天紫，
也涂不没这人变兽的耻！

写于1926年5月。1926年6月3日载于《晨报副刊·诗镌》第10号。

魚的记忆

回忆里
不断演绎相同镜头,
现实则切换著不同情愫出口……
传说鱼的记忆只有7秒,
七秒后便不记得
过往物事了,
所以小小的鱼缸里
它也不觉得无聊,
因为7秒后
每一寸游过的地方
又变成了新天地……

它在这7秒里
不断轮回不是为了遗忘,
而是为了铭记……
有梦时,
快乐无与伦比,
梦由心生望眼欲穿,
碧草春心
孜孜蔓延……

也许,

风花雪月永远了无结果,
但毕竟是风雪的故事,
快乐足矣……

珊 瑚

你再不用想我说话,
我的心早沉在海水底下;
你再不用向我叫唤,
因为我——我再不能回答!

除非你——除非你也来在
这珊瑚骨环绕的又一世界;
等海风定时的一刻清静,
你我来交互你我的幽叹。

1926 年 9 月 29 日载于《晨报副刊》。

天神似的英雄

这石是一堆粗丑的顽石,
这百合是一丛明媚的秀色;
但当月光将花影描上石隙,
这粗丑的顽石也化生了媚迹。

我是一团臃肿的凡庸,
她的是人间无比的仙容;
但当恋爱将她偎入我的怀中,
就我也变成了天神似的英雄!

写于1927年左右。1927年9月载于上海新月书店《翡冷翠的一夜》。

变与不变

树上的叶子说:"这来又变样儿了,
你看,有的是抽心烂,有的是卷边焦!"
"可不是,"答话的是我自己的心:
它也在冷酷的西风里褪色,凋零。

这时候连翩的明星爬上了树尖;
"看这儿,"它们仿佛说,"有没有改变?"
"看这儿,"无形中又发动了一个声音,
"还不是一样鲜明?"——插话的是我的魂灵!

写于1927年春季。1927年9月载于上海新月书店《翡冷翠的一夜》。

干着急

朋友,这干着急有什么用,
喝酒玩吧,这槐树下凉快;
看槐花直掉在你的杯中——
别嫌它:这也是一种的爱。

胡知了到天黑还在直叫
(她为我的心跳还不一样?)
那紫金山头有夕阳返照
(我心头,不是夕阳,是惆怅!)

这天黑得草木全变了形
(天黑可盖不了我的心焦;)
又是一天,天上点满了银
(又是一天,真是,这怎么好!)

写于1927年8月27日。1927年9月10日载于《现代评论》第6卷第144期。

"这年头活着不易"

昨天我冒着大雨到烟霞岭下访桂；
南高峰在烟霞中不见，
在一家松茅铺的屋檐前
我停步，问一个村姑今年
翁家山的桂花有没有去年开得媚。

那村姑先对着我身上细细地端详：
活像只羽毛浸瘪了的鸟，
我心想，她定觉得蹊跷，
在这大雨天单身走远道，
倒来没来头的问桂花今年香不香。

"客人，你运气不好，来得太迟又太早；
这里就是有名的满家弄，
往年这时候到处香得凶，
这几天连绵的雨，外加风，
弄得这稀糟，今年的早桂就算完了。"

果然这桂子林也不能给我点子欢喜：
枝头只见焦萎的细蕊，
看着凄惨，唉，无妄的灾！
为什么这到处是憔悴？
这年头活着不易！这年头活着不易！

黄 鹂

一掠颜色飞上了树。
"看,一只黄鹂!"
有人说。翘着尾尖,
它不作声,
艳异照亮了浓密——
——像是春光,
火焰,像是热情。
等候它唱,
我们静着望,怕惊了它。
但它一展翅,
冲破浓密,化一朵彩云;
它飞了,不见了,
没了
——像是春光,火焰,像是热情。

我不知道风

——我不知道风
是在哪一个方向吹
——我是在梦中,
在梦的轻波里依洄。

我不知道风
是在哪一个方向吹
——我是在梦中,
她的温存,我的迷醉。

我不知道风
是在哪一个方向吹
——我是在梦中,
甜美是梦里的光辉。

我不知道风
是在哪一个方向吹
——我是在梦中,
她的负心,我的伤悲。

我不知道风
是在哪一个方向吹

——我是在梦中,
在梦的悲哀里心碎!

我不知道风
是在哪一个方向吹
——我是在梦中,
黯淡是梦里的光辉!

献　词

那天你翩翩的在空际云游，
自在，轻盈，你本不想停留
在天的哪方或地的哪角，
你的愉快是无拦阻的逍遥。

你更不经意在卑微的地面
有一流涧水，虽则你的明艳
在过路时点染了他的空灵，
使他惊醒，将你的倩影抱紧。

他抱紧的只是绵密的忧愁，
因为美不能在风光中静止；
他要，你已飞渡万重的山头，
去更阔大的湖海投射影子！

他在为你消瘦，那一流涧水，
在无能的盼望，盼望你飞回！

情 死

玫瑰,压倒群芳的红玫瑰,昨夜的雷雨,原来是你发出的信号
——真娇贵的丽质!
你的颜色,是我视觉的醇醪;我想走近你,但我又不敢。
青年!几滴白露在你额上,在晨光中吐艳。
你颊上的笑容,定是天上带来的;可惜世界太庸俗,不能供给
他们常住的机会。你的美是你的运命!
我走近来了;你迷醉的色香又征服了一个灵魂
——我是你的俘虏!
你在那里微笑,我在这里发抖,
你已经登了生命的峰极。你向你足下望——一个天底的深潭:
你站在潭边,我站在你的背后——我,你的俘虏。
我在这里微笑!你在那里发抖。
丽质是命运的命运。
我已经将你禽捉在手内:我爱你,玫瑰!
色、香、肉体、灵魂、美、迷力——尽在我掌握之中。
我在这里发抖,你——笑。
玫瑰!我顾不得你玉碎香销,我爱你!
花瓣、花萼、花蕊,花刺、你、我——多么痛快啊!
尽胶结在一起!一片狼藉的猩红,两手模糊的鲜血。
玫瑰!我爱你!

残　春

　　昨天我瓶子里斜插着的桃花，
　　是朵朵媚笑在美人的腮边挂；
　　今儿它们全低了头，全变了相——
　　红的白的尸体倒悬在青条上。

　　窗外的风雨报告残春的运命，
　　丧钟似的音响在黑夜里叮咛：
　　"你那生命的瓶子里的鲜花也
　　变了样；艳丽的尸体，谁给收殓？"

写于 1927 年 4 月 20 日。1928 年 5 月 10 日载于《新月》第 1 卷第 3 号。

生　活

阴沉，黑暗，毒蛇似的蜿蜒，
生活逼成了一条甬道：
一度陷入，你只可向前，
手扪索着冷壁的黏潮，
在妖魔的脏腑内挣扎，
头顶不见一线的天光，
这魂魄，在恐怖的压迫下，
除了消灭更有什么愿望？

写于 1928 年 5 月 29 日。1929 年 5 月 10 日载于《新月》第 2 卷第 3 号。

再别康桥

轻轻的我走了,
正如我轻轻的来;
我轻轻的招手,
作别西天的云彩。

那河畔的金柳,
是夕阳中的新娘;
波光里的艳影,
在我的心头荡漾。

软泥上的青荇,
油油的在水底招摇;
在康河的柔波里,
我甘心做一条水草!

那榆荫下的一潭,
不是清泉,是天上虹,
揉碎在浮藻间,
沉淀着彩虹似的梦。

寻梦?撑一支长篙,
向青草更青处漫溯,

满载一船星辉,
在星辉斑斓里放歌。

但我不能放歌,
悄悄是别离的笙箫;
夏虫也为我沉默,
沉默是今晚的康桥!

悄悄的我走了,
正如我悄悄的来;
我挥一挥衣袖,
不带走一片云彩。

写于1928年11月6日。1928年12月10日载于《新月》第1卷第10号。

拜 献

山,我不赞美你的壮健,
海,我不歌咏你的阔大,
风波,我不颂扬你威力的无边;
但那在雪地里挣扎的小草花,
路旁冥盲中无告的孤寡,
烧死在沙漠里想归去的雏燕——
给他们,给宇宙间一切无名的不幸,
我拜献,拜献我胸胁间的热,

管里的血,灵性里的光明;
我的诗歌——在歌声嘹亮的一俄顷,
天外的云彩为你们织造快乐,
起一座虹桥,
指点着永恒的逍遥,
在嘹亮的歌声里消纳了无穷的苦厄!

1929年2月10日载于《新月》第2卷第12号。

我等候你

我等候你。
我望着户外的昏黄
如同望着将来,
我的心震盲了我的听。
你怎还不来?希望
在每一秒钟上允许开花。
我守候着你的步履,
你的笑语,你的脸,
你的柔软的发丝,
守候着你的一切;
希望在每一秒钟上
枯死——你在哪里?
我要你,要得我心里生痛,
我要你的火焰似的笑,
要你的灵活的腰身,
你的发上眼角的飞星;
我陷落在迷醉的氛围中,
像一座岛,
在蟒绿的海涛间,不自主的在浮沉……
喔,我迫切的想望
你的来临,想望
那一朵神奇的优昙

开上时间的顶尖!
你为什么不来,忍心的?
你明知道,我知道你知道,
你这不来于我是致命的一击,
打死我生命中午放的阳春,
教坚实如矿里的铁的黑暗,
压迫我的思想与呼吸;
打死可怜的希冀的嫩芽,
把我,囚犯似的,交付给
妒与愁苦,生的羞惭
与绝望的惨酷。
这也许是痴。竟许是痴。
我信我确然是痴;
但我不能转拨一支已然定向的舵,
万方的风息都不容许我犹豫——
我不能回头,运命驱策着我!
我也知道这多半是走向
毁灭的路;但
为了你,为了你
我什么也都甘愿;
这不仅我的热情,
我的仅有的理性亦如此说。
痴!想磔碎一个生命的纤微
为要感动一个女人的心!
想博得的,能博得的,至多是
她的一滴泪,
她的一阵心酸,
竟许一半声漠然的冷笑;
但我也甘愿,即使

我粉身的消息传到
她的心里如同传给
一块顽石,她把我看作
一只地穴里的鼠,一条虫,
我还是甘愿!
痴到了真,是无条件的,
上帝他也无法调回一个
痴定了的心,如同一个将军
有时调回已上死线的士兵。
枉然,一切都是枉然,
你的不来是不容否认的实在,
虽则我心里烧着泼旺的火,
饥渴着你的一切,
你的发,你的笑,你的手脚;
任何的痴想与祈祷
不能缩短一小寸
你我间的距离!
户外的昏黄已然
凝聚成夜的乌黑,
树枝上挂着冰雪,
鸟雀们典去了它们的啁啾,
沉默是这一致穿孝的宇宙。
钟上的针不断的比着
玄妙的手势,像是指点,
像是同情,像是嘲讽,
每一次到点的打动,我听来是
我自己的心的
活埋的丧钟。

1929 年 10 月 10 日载于《新月》第 3 卷第 8 号。

车　上

这一车上有各等的年岁，各色的人：
有出须的，有奶孩，有青年，有商，有兵；
也各有各的姿态：傍着的，躺着的，
张眼的，闭眼的，向窗外黑暗望着的。

车轮在铁轨上辗出重复的繁响，
天上没有星点，一路不见一些灯亮；
只有车灯的幽辉照出旅客们的脸，
他们老的少的，一致声诉旅程的疲倦。

这时候忽然从最幽暗的一角发出
歌声；像是山泉，像是晓鸟，蜜甜，清越，
又像是荒漠里点起了通天的明燎，
它那正直的金焰投射到遥远的山坳。

她是一个小孩，欢欣摇开了她的歌喉；
在这冥盲的旅程上，在这昏黄时候，
像是奔发的山泉，像是狂欢的晓鸟，
她唱，直唱得一车上满是音乐的幽妙。

旅客们一个又一个的表示着惊异，
渐渐每一个脸上来了有光辉的惊喜：

买卖的,军差的,老辈,少年,都是一样,
那吃奶的婴儿,也把他的小眼开张。

她唱,直唱得旅途上到处点上光亮,
层云里翻出玲珑的月和斗大的星,
花朵,灯彩似的,在枝头竞赛着新样,
那细弱的草根也在摇曳轻快的青萤!

写于1931年4月7日。1931年4月20日载于《诗刊》第2期。

编后记

编 者

本诗集以《徐志摩诗全集》（徐志摩著，江苏人民出版社，2017年）为基础，同时参考了《中国新诗百年志》（中国作家协会诗刊社主编，中国工人出版社，2017年）、《中国新诗总系1927~1937》第一册（谢冕总主编，孙玉石主编，人民文学出版社，2010年）《徐志摩诗歌全编》（韩石山编，天津人民出版社，2005年）等与徐志摩相关的多个版本的选本和书籍，并进行了校对与订正。在此一并感谢！

徐志摩被公认为新月派代表作家，他参与了整个新月派的活动，见证了新月派的形成与消亡。他的诗歌风格独特，其思想也与当时社会发展紧密关联。为此，我们特意将选定的诗歌按照时间进行排序，以供读者感受徐志摩的思想变化。

由于视野、学识和资料所限，纰漏之处，在所难免，静候方家不吝赐教。

2019年2月21日